乙女ゲームは終了しました

リサ
庶民出身の男爵令嬢。
ルイス
ウィンウッド王国の騎士。
アレッタと婚約している。
レーヌ
ウィンウッド王国の公爵令嬢。
王太子の婚約者。
フリオ
ウィンウッド王国の伯爵家の三男。
学園では騎士科に所属する
武闘派で面倒見がよい。
アレッタ
ウィンウッド王国の子爵令嬢。
特殊な家に育ったため、
貴族令嬢らしからぬ
戦闘力を持つ。
フリオとは幼馴染。

ベルクハイツ
子爵夫妻
アレッタの父母。
ディラン
アレッタの三番目の兄。
グレゴリー
アレッタの四番目の兄で
生真面目で朴訥とした青年。
不器用なため、
言動がストレート。
マデリーン
アレッタの学園での先輩で
プライドの高い公爵令嬢。
努力する人が好き。
登場人物紹介

目次

婚約破棄騒動編

プロローグ

「最早《もはや》、お前の所業には我慢ならん！　レーヌ・ブルクネイラ！　お前との婚約を破棄する！」

それは、ウィンウッド王国の貴族の子息や令嬢が通う学園のパーティーで起こった。

ウィンウッド王国の王太子、アラン・ウィンウッドが、パーティーの最中突如、取り巻きを引き連れ、自らの婚約者に婚約破棄を突きつけたのである。

多くの貴族の子息、令嬢が参加し、終盤には国王と王妃が臨席する盛大なパーティー。そこで王太子はこのようなことを言い出したのだ。

王太子の婚約者、レーヌ・ブルクネイラ公爵令嬢は問い返した。

「アラン様、どういうおつもりですの？」

「どうもこうもない。お前は身分を笠《かさ》に着て、リサを虐《しいた》げたではないか！」

「虐《しいた》げるとは、一体どういう……？　いえ、それは今は良いですわ。私達の婚約は王家とブルクネイラ公爵家との間に結ばれたもの。殿下は陛下の許可をおとりになって、このようなことをなさっておられるのですわよね？」

その言葉に王太子は一瞬詰《つ》まるも、すぐに話を続ける。

「レーヌ、お前はいつもそうだ。そうやって、いつも話を逸《そ》らす」

「逸《そ》らしておりませんわ。大切なことです」

王太子を見つめるレーヌの目は冷たい。

それも仕方がないのかもしれない。半年以上、王太子は一人の男爵令嬢——リサ・ルジアに入れ込み、レーヌを蔑《ないがし》ろにし続けたのだ。元々仲が良いとは言えない関係は、ここ半年でさらに冷え込み、王妃がそれとなく間を取り持とうと行動したほどだった。

来るべきものがついに来たか、という感想を抱く周囲だったが、それがこのような形で訪れるとは夢にも思っていなかった。

しかし、王太子は止まらない。

彼が懇意《こんい》にしている男爵令嬢を、レーヌが虐《しいた》げた。それを謝罪しろ、と言うのだ。

しかし、レーヌも負けてはいない。

つらつらと己《おのれ》の身の潔白を証明する証拠や証言を出し、王太子の言い分を全て退《しりぞ》けたのである。

追い詰《つ》められた王太子は、遂《つい》に言ってはならぬことを口にした。

「しかし、リサを見下し、虐《しいた》げたのは事実！　お前を国外追放とする！」

なんの証拠もない状態でのそれは、レーヌが嫌いだからこの国から出ていけ、というようなものだ。ここまで来ると、リサの件は口実でしかない。

それでも、それは王太子の言葉だ。

故《ゆえ》に、レーヌは粛々《しゅくしゅく》と頭を下げる。

「承知いたしました」

そして、呆然《ぼうぜん》とする人々の前から去ろうとした。

ところが、そんな彼女に駆け寄る男がいたのだ。

「レーヌ様、私をどうかお連れください」

「ルイス様……！」

その男は、王太子の護衛騎士の一人で、侯爵家の次男坊であるルイス・ノルトラートである。

彼を見たレーヌは目を潤《うる》ませ、差し出された手を取った。ルイスはそんな彼女に寄り添う。

そして二人で会場を出ようとした時、呼びとめられる。

「待ちなさい」

振り返ると、貴賓席《きひんせき》に国王と王妃の姿があった。

国王は眉間《みけん》に皺《しわ》を寄せ、王妃は冷たい視線を我が子に向けている。

「そのような命に従う必要はない」

「陛下！」

非難の声を上げた王太子を、国王が睨《にら》みつけた。

「アラン、そなたへは追って沙汰《さた》する。さしあたっては、謹慎を申し渡す。衛兵、周囲の馬鹿どもも全員連れていけ」

「陛下、そんな！」

かくして、王太子と彼をとりまいていた一行は衛兵に連れ出され、レーヌがその場に残された。

「レーヌ、息子が申し訳ないことをした……」

「陛下！　そんな、おやめください！」

国王が頭を下げ、レーヌが慌ててそれを止める。

国王は頭を上げたものの、申し訳なさそうに彼女を見つめた。そして、レーヌに寄り添うルイスに、ちらりと複雑そうな視線を向け、すぐに戻す。

「そなたが王太子との婚約解消を望むのなら、そのようにしよう。そなたに非はないのだから」

「……ありがとうございます」

そう言ってレーヌは一礼し、傍《かたわ》らに立つ男に笑顔を向けたのだった。


さて。ここまでの騒動は、とある世界でよくある『悪役令嬢によるザマァ系物語』である。だが、今回の騒動は、ここでは終わらなかった。

最初に事《こと》に気づいたのは、王妃だ。

彼女はレーヌに寄り添うルイスを見て、何か引っかかるものを感じた。そして一瞬後、思い出したのである。

ルイスが、とある子爵令嬢の婚約者であったことを！

「アレッタ！」

「しっかりして、アレッタ！」

会場の一角で、騒ぎが起きた。

令嬢が一人、倒れたのである。

何事かと国王もそちらを見る。そしてハッとした顔をすると、続いて、信じられないものを見るかのような目つきでレーヌの隣に立つルイスに視線を向けた。

アレッタと呼ばれた少女を使用人が運び、それに付き添って数人の少女達も会場を出ていく。

その少女の中の一人、マデリーン・アルベロッソ公爵令嬢は、レーヌとルイスに軽蔑《けいべつ》の視線を向けて、言った。

「浮気者同士、お似合いですこと」

そう。ルイスは倒れた少女、アレッタの婚約者であったのだ。

——この物語は、『悪役令嬢によるザマァ系物語』が勝利判定Bにて幕を閉じた、その後の騒動のお話である。

第一章

事《こと》の始まりは、学園での生徒会主催パーティーである。

「最早《もはや》、お前の所業には我慢ならん！　レーヌ・ブルクネイラ！　お前との婚約を破棄する！」

どこかで見たことのある光景だぞ、と唖然《あぜん》としながら目を瞬《またた》かせたのは、アレッタ・ベルクハイツという名の子爵令嬢であった。

彼女は、とある辺境を治める子爵家の末っ子長女であり、ここ、ウィンウッド王国の国立学園に通う一年生だ。

亜麻《あま》色の髪に緑の瞳の、和《なご》み系の顔立ちをした、ごく平凡な容姿の少女である。

この時の彼女は、凹凸《おうとつ》の少ない体をコルセットで締め上げてくびれを作り、顔をどうにか上の下まで化けさせて、パーティーのご馳走《ちそう》をコルセットのせいで食べられないのを内心で嘆《なげ》きつつ友人とのお喋《しゃべ》りを楽しんでいた。

その友人というのは、マーガレット・オブライエンという同い年の子爵令嬢である。

そのマーガレットが金の巻き毛を揺らし、グレーの瞳を輝かせて興奮気味に言う。

「ねえ、アレッタ。今日のマデリーン様のドレスを見た？　とっても素敵だったのよ！」

「え、まだ見てないわ。貴女《あなた》、いつ見たの？」

ずるい、という意味を込めてアレッタがマーガレットを見つめると、彼女はニコニコ笑って答えた。

「ふふ。実は偶然、こちらに来る前にお会いしたの。楽しみにしてると良いわ」

二人の話に出てきたマデリーンとは、アルベロッソ公爵家の令嬢である。二人より一つ学年が上の、素敵なお姉様だ。

彼女は銀髪碧眼《へきがん》の美少女で、気位が高いので冷たいと思われているが、実際は社交的で面倒見の良い少女である。

一年生が会場に入り二年生が入ってくる時、マデリーンを見つけたアレッタは、小さく歓声を上げた。

「マデリーン様、凄《すご》く綺麗！　どうして、この世界にはスマホがないのかしら……」

「すまほ？」

アレッタの呟《つぶや》きを聞いて、マーガレットが首を傾《かし》げる。それをなんでもないと誤魔化《ごまか》し、アレッタは再び会場に入ってくる二年生に視線を戻した。

彼女には、秘密がある。それは、前世の記憶があることだ。

アレッタはこの世界に生まれてくる前、日本という国で生きていた。

もっとも、前世の記憶があるからといって、この世界で活用できることなど何もない。

なんといっても、アレッタが前世で死んでしまったのは高校一年生になったばかりの頃だった。

体を動かすのが好きで勉強なんて全然できなかった彼女が今世でできることなど、早いうちから頑張って学習するくらいだ。

しかし、そうしていても落ちこぼれ気味なので、最早《もはや》自分には勉強の才能はないのではないか、とアレッタは思っている。

そんなふうに落ち込む彼女に声をかけてくれたのが、マデリーンだった。

家の事情もあるのだから仕方ない、教えてあげるわ、と少しツンデレ気味に話しかけてくれた時には、あまりの美少女っぷりにアレッタは目が潰《つぶ》れるかと感じたものだ。

そんな感想を後《のち》に本人に伝えたところ、彼女は真っ赤になって照れ、すごく可愛かった。

それほど素敵な美少女マデリーンが会場入りし、友人である二人の先輩と話している。そこに、アレッタ達は合流した。

「あら、アレッタ。素敵なドレスね」

「ありがとうございます、エレーナ様」

最初にアレッタに声をかけてくれたのは、茶髪に緑の瞳のエレーナ・マスディス伯爵令嬢だ。

「マーガレットもよく似合っているわ」

「ありがとうございます、フローラ様」

マーガレットを褒《ほ》めたのは、フローラ・ルベルシス子爵令嬢。金髪碧眼《へきがん》のお人形みたいな容姿で、優しげに目を細めて微笑《ほほえ》んでいる。

「アレッタ、ちゃんと綺麗に歩けていたわ。合格よ」

そう言って微笑《ほほえ》んだのは、マデリーンだ。

学園に入学したばかりの頃、アレッタはコルセットを締め高いヒールの靴を履いて歩くことができなかった。

それを知って特訓に付き合ってくれたのが、マデリーンだったのである。

「ありがとうございます、マデリーン様。今の私があるのはマデリーン様のお陰です！」

彼女は少し頬を染めてそっぽを向く。

「別に、貴女《あなた》の特訓に付き合うくらい、私にはなんでもないことよ。貴女《あなた》にやる気があるから、付き合ってあげただけですもの」

その可愛らしい態度に、アレッタ達は目を合わせて、こっそり微笑《ほほえ》んだ。

そんな言動が一致しないマデリーンはふと何かを見つけたようで、不意に扇《おうぎ》で口元を隠して呟《つぶや》く。

「あの子、また囲まれてるわ」

彼女の視線の先には、黒髪に青い瞳の可愛らしい少女がいた。

その少女は今、学園で悪い意味で有名な男爵令嬢で、名前をリサ・ルジアという。

マデリーンとは同級生だが、元平民で、母親を亡くしたため実父の男爵に引き取られたそうだ。

それが学園入学直前だったため、貴族令嬢としてのマナーがなっていないらしい。

婚約者のいる男性に気軽に声をかけて仲良くなり、とうとう学園で地位も人気もある五人の令息を落としてしまったのだとか。

そんな彼女の不幸は、その五人を落とした後になってようやく自分の立場を理解したことだ。その時には既《すで》に、婚約者のいる男に手を出すはしたない女というレッテルを貼られていた。

自分が世間からどういう目で見られているのか知ったリサは、五人とどうにか正しい距離を置こうとしたのだが、これを件《くだん》の令息達が嫌がった。

そして現在の、困ったように笑うリサと、その取り巻き令息五人、という構図が出来上がったのだ。

アレッタはそんな面倒くさそうな人達とは極力関わりたくないが、そうも言っていられない。なぜなら、その取り巻き令息の中に、この国の王太子と、憧れの先輩であるマデリーンの婚約者がいるからだった。

マデリーンの婚約者は侯爵子息で、名をシルヴァン・サニエリクという。未来の宰相と目されている俊英だ。

しかし、最近は恋の熱に浮かされて目も当てられないほど馬鹿になっている。そう、マデリーンが溜息交じり《ためいきま》にアレッタ達に愚痴《ぐち》っていた。

気のりしないものの婚約者として一言言わなくてはならないと、マデリーンがシルヴァンのもとへ足を向けた、その時だ。

「最早《もはや》、お前の所業には我慢ならん！　レーヌ・ブルクネイラ！　お前との婚約を破棄する！」

王太子の怒鳴り声が聞こえ、あの騒ぎが起こったのである。

皆が困惑する中、アレッタは既視感を覚えていた。

どこかでこの光景を見たことがある、と思ったのだ。

しかし、思い出そうとしても該当する場面の見当がつかず、では、前世でのことかと考えて気づいた。

「乙女ゲーム……」

彼女の小さな呟《つぶや》きは、誰にも聞こえなかったようで、皆、騒ぎが起きているほうへ視線を向けている。

そんな中、アレッタには分かった。この騒ぎは前世でプレイした乙女ゲーム、『七色の恋を抱いて』のイベントだ。

もしや、ここは乙女ゲームの世界だったのか、と戦慄《せんりつ》していると、騒動は乙女ゲームの筋書きから逸《そ》れ、いつの間にか『悪役令嬢によるザマァ系物語』へ移行していく。

この時、アレッタは体力と気力を消耗《しょうもう》していた。

乙女ゲームの世界に転生していた事実による衝撃、混乱、そして、物語から逸《そ》れてゆく現実に脳がついていけなかったのだ。

そして、更なる衝撃により、止《とど》めを刺される。

王太子がレーヌに国外追放を言い渡したところで駆け寄っていったのが、なんと自分の婚約者だったのだ。

生真面目《きまじめ》すぎるところはあるが良い人だと思っていたのに、本当はレーヌといちゃつく浮気者だったのである。

いくら図太い神経を持つアレッタといえども、ショックだった。

ゆっくりと血の気が引く。友人が心配そうに見つめる中、国王による事態の収拾を見届けた後、アレッタは倒れたのであった。

＊＊＊

アレッタが目覚めたのは、パーティーの翌日の午後だった。

倒れた後、医務室に運ばれ、そのまま眠っていたようである。

医師の診察を受けた彼女は、問題なしということで寮へ帰ることになった。

いつの間にか着ていた寝間着を返し、届けられていた制服を着て、医務室を後にする。

パーティーがあの後どうなったのかも気になるが、取りあえずお腹がすいたなぁ、と図太い神経で考えていた。

食堂に寄って行こうか悩みながらゆっくり歩いていると、廊下の向こうからマーガレットが歩いてくる。

「マーガレット！」

「えっ、アレッタ！　貴女《あなた》、もう大丈夫なの？」

どうやらマーガレットはアレッタの様子を見に医務室へ向かっている途中だったらしく、心配そうな顔をしていた。

「ええ。もう、大丈夫よ」

「そう。良かった……。いえ、良くはないのかしら？　貴女《あなた》が元気になったのは良いのだけれど、今、学園中で昨日のことが噂《うわさ》になっていて、大変なのよ」

人が多い場所に行ったら疲れるかもしれない、とマーガレットは教えてくれる。

しかし、昨日から何も食べていないので食堂に行きたい。アレッタがそう訴えたところ、サンドイッチで良ければ部屋に持って来てくれると言う。

アレッタはありがたくお願いすることにした。

「けど貴女《あなた》、あんなことがあったのに、お腹がすいた、だなんて……」

「生きている証拠よ！」

苦笑するマーガレットに、無駄に胸を張って見せると、さらに笑われる。

「なんにせよ、元気になって良かったわ。それじゃあ、部屋で待っててちょうだい」

「ありがとう、マーガレット」

そう言って、アレッタは寮の自室へ向かった。

彼女にあてがわれている部屋は、前世で言うところの１ＤＫの一人部屋だ。

王家や公爵家、侯爵家辺りの子女のものなら、どこぞのホテルのスイートルームばりの豪華さになり、それ以下の爵位でもお金持ちの家の子は、実家から連れて来た使用人が使うための部屋の付いた、豪華な部屋を与えられる。そうでないなら簡単な自炊ができる程度のミニキッチンが付いた一人部屋か、二人部屋だ。

ちなみに、アレッタの部屋は下から二番目のランクの一人部屋だった。実家は貧しくはないものの、余計なお金を使う余裕はない。

アレッタはお茶を淹《い》れながらマーガレットを待ち、ついでに手紙を書く準備もした。

書く内容は、もちろん昨日の事件についてである。

実家に、婚約者の不貞《ふてい》を知らせなければならない。

実のところ、アレッタは婚約者であるルイスに恋心は抱いていなかった。そもそも、学園に通うまで、あまり顔を合わせたことがなかったのだ。

婚約は二年前に決まったが、実家のある子爵領にいる間は手紙を何度か遣り取りしただけ。学園に入学してから本格的に交流を持とうと考えていた。

しかし、あちらは騎士の仕事、こちらは学園での生活が忙しく、一度食事に行けたのみ。手紙での遣り取りも二、三回のありさま。

それでもまあ、この人と結婚するんだとは思っていた。

だからアレッタは、ルイスの行動に酷《ひど》くがっかりしている。

彼女は一つ溜息《ためいき》をつき、ちょうどお湯が沸いたのでコンロの火を止めた。

ポットにお湯を入れて温めているところに、マーガレットが部屋を訪れる。

「アレッタ、サンドイッチを持ってきたわよ」

「あ、マーガレット、ありがとう。お茶の準備ができてるんだけど、一緒にどうかしら？」

「いただくわ」

彼女はにっこり笑い、アレッタにサンドイッチを渡した。

アレッタは自分にはサンドイッチを、マーガレットには用意していたマドレーヌを、小さな卓に並べる。そして、それを食べながら話す。

「ねぇ、私が倒れた後はどうなったのかしら？」

「私も貴女《あなた》に付き添っていたから、直接見たわけじゃないんだけど……」

マーガレットが聞いた話によると、あの後パーティーは結局グダグダになり、早めに終わったそうだ。

軽率な行動を取った王太子と彼の仲間は実家に送還されたらしく、しばらく謹慎措置が取られるという。

一方、男爵令嬢のリサなのだが……

「あの方、殿下達の企《たくら》みを全く知らなかったらしいの」

「え？　ああ、そう言えば、殿下達の後ろで青褪《あおざ》めて首を横に振ってたような……？」

なんでも、今はすっかり怯《おび》えて修道院に行かせてくれと泣いているらしい。

「まあ、ちょっと可哀そうね。平民から貴族になって、学園に入ったらハンサムな王子様達が自分を構ってくれるのよ？　そりゃぁ、夢見ちゃうわよね」

「そうねぇ……。けど、いくらなんでも殿下達、簡単に落ちすぎじゃない？」

「それは、確かに……」

リサがよほど好みに合った振る舞いをしたのだろう。もしかしたら彼女もアレッタと同じく転生者だったのかもしれない。だとしたらゲームをやっている時の気分で殿下達を攻略していって、ふと我に返ったら遅かったのだろう。

しかし、アレッタに何ができるわけでもない。

もう終わってしまったことだ。恐らくこれからもあまり関わり合いにならないに違いない。そっとしておこうと決める。

それよりも、アレッタは自分のことで忙しくなりそうなのだ。

「ルイス様とレーヌ様はどうなったか知ってる？」

「それがね……」

マーガレットは困った顔をして言った。

「レーヌ様は一応、今回の騒ぎの被害者でしょ？　だから、まあ、落ち着くまで実家で静養、ってことになったらしいわ。ただ、レーヌ様に駆け寄ったのが貴女《あなた》という婚約者がいるルイス様、っていうのが問題になってるてね」

「そうでしょうね」

レーヌは結局、王太子よりは随分《ずいぶん》マシではあるが、評判を落としたそうだ。

もっとも彼女は、国内最大派閥であるブルクネイラ公爵家の令嬢である。本来なら、秘めた想い人かつ自分の窮地に寄り添ってくれた男が婚約者持ちである程度、権力で吹き飛ばせるし、情報を操作して美談に仕立て上げることも可能だ。

けれど、今回は相手が悪かった。

「うちは子爵家だけど、立ち位置が特殊だから……」

「そうね！」

遠い目をするアレッタに、マーガレットが大変良い笑顔を返す。

どうやら、アレッタの婚約者の不貞《ふてい》を怒ってくれているらしい。ザマァ、と言わんばかりのその笑顔は輝いていた。

＊＊＊

さて。アレッタの生家であるベルクハイツ子爵家だが、どう特殊なのかと言うと、それは一族が担《にな》っている役割による。

ベルクハイツ家が治める子爵領には『深魔《しんま》の森』という、それはもう強大で恐ろしい魔物が生まれる森があるのだ。

魔物が発生する条件が最悪な意味で揃《そろ》ったそこは、王国の悩みの種であった。

その森では、とにかくよく魔物の氾濫《スタンピード》が起きるのである。

そして、発生する魔物がどれも恐ろしく強いのが厄介《やっかい》だ。

その氾濫《はんらん》を治め、魔物を狩り続ける一族が、現在その地を治めるベルクハイツ家なのである。

ベルクハイツ家の初代は、魔物の氾濫《スタンピード》を抑えるために雇われた傭兵だった。彼の一騎当千――常軌を逸《いっ》するほどの力を知った当時のとある貴族が国に報告し、褒賞として一代男爵位を与えられたのが一族の起こりである。

その初代当主は貴族の娘と結婚し、そのまま魔物と戦い続け、なんと魔物の軍勢を押し返して人の住める土地をじりじりと取り返していったのだ。

その取り返した土地が、現在のベルクハイツ領であった。

当時の国王は彼に『深魔《しんま》の森』を含む土地の守護を命じ、後《のち》に子爵となったベルクハイツ家は今日まで戦い続けてきたのだ。

ベルクハイツなくば魔物が国に溢《あふ》れる、というのは王国の貴族階級の常識であり、ベルクハイツ家が下級貴族でありながら特別視される由縁《ゆえん》である。

王国はベルクハイツ家を大事にし、ベルクハイツ家はその期待に応《こた》えんと戦い続けてきた。

そんなベルクハイツ家の当主の基準は、他家とは少々違う。

普通は、まず長男が家を継ぐ。そうでないとしたら、長男に健康面など何かしらの不安があるか、母親の血筋に問題があるかだろう。

しかし、ベルクハイツ家では長男が家を継ぐとは限らない。例えば、アレッタには四人の兄がいるが、彼女がベルクハイツ家を継ぐと決定している。

別に四人の兄に問題があるわけではない。戦い続けることが必要なあの地を治めるという一点のみを重視したが故《ゆえ》の決まりがあるのだ。

実は、ベルクハイツ家の直系には卓越した戦闘力以外に、不思議な能力がある。

それは、戦い続ける力を最低何代先まで受け継がせることができるか分かるというものだ。

『深魔《しんま》の森』を有するベルクハイツ領を治めるには、初代から脈々と受け継がれている戦闘力が必要不可欠。初代の力をより濃く、長く受け継がせることができる者が当主となるのだ。

次に生まれる子次第ではさらに延びるとはいえ、アレッタならば最低でも五代先まで、長男と三男は三代先まで伝えることができる。あとの兄は一代だけだ。

もちろん一人っ子の時――跡継ぎが一人しかいない時にはその子が継ぐが、複数の子がいる時には、これが重要視される。

そんな、王国にとって大事な家の次期当主であるアレッタは、今回の騒動で婚約者と次期王妃だったレーヌから大変な侮辱《ぶじょく》を受けた格好になった。

これはアレッタの婚約に関わった人間にとって卒倒ものの大事である。

「これ、王家とあの二家が我が家に喧嘩《けんか》を売ってきたようなものよね……」

「そうねぇ……。ルイス様は言い訳のしようもないだろうけど、レーヌ様もどうしてあそこで手を取っちゃったのかしら？　王妃教育を受けているのに……まさか、知らなかった、なんてことはないわよね？」

そう言って首を傾《かし》げる二人は知るよしもない。

レーヌが転生者でこの乙女ゲーム『七色の恋を抱いて』をプレイしており、ルイスが彼女の前世の一押しキャラ――所謂《いわゆる》、推しだったことなど。

そして、レーヌがルイスについて調べた時にはまだアレッタと婚約しておらず、ゲーム内では攻略対象外のモブだった彼に婚約者ができるなど考えもしなかったのだということも。

王妃教育ではカバーできぬ場所で、彼女は躓《つまず》いたのだ。

「お父様に手紙を書かないといけないのよね……。きっと、がっかりなさるわ……」

「まあ……」

肩を落とすアレッタの手を、マーガレットは慰《なぐさ》めるように握る。

「でも、今分かって良かったんじゃないかしら。あんな無責任なことをする人が、あの地の女領主の伴侶なんて務まるはずないもの」

「ええ、そうね」

マーガレットの言葉に、アレッタは苦笑し頷《うなず》いた。

「そういえば、騎士科のブランドン先輩が心配してたわよ。貴女《あなた》が朝の鍛錬《たんれん》に来なかったって」

「え、そうなの？」

「ええ。先輩は昨日のパーティーは用事があって欠席してたらしくて、例の騒動を知らなかったみたい」

アレッタは女の身ながら武門のベルクハイツ家次期当主なので、時には前線で戦う。実家ではかなり扱《しご》かれていたし、初陣も既《すで》に済んでいた。

そのため、学園に来てからも騎士科の生徒の鍛錬《たんれん》に毎日参加させてもらっている。

最初は「なぜ普通科の女の子が？」と首を傾《かし》げられたが、今では「初見殺し」だの、「逸般人《いっぱんじん》」だのと好き放題言われていた。

実際、彼女はごく普通の女の子の体格で、一見、筋肉もついていない。しかし、腕もお腹も、薄い皮下脂肪の下にカッチカチの筋肉が詰《つ》まっている。

「朝はできなかったから、夕方に鍛錬《たんれん》するわ」

「え、昨日の今日よ？　休んだほうが良いんじゃない？」

心配してくれるマーガレットには悪いが、鍛錬《たんれん》を休むとなんだか気持ち悪いのだ。

ベルクハイツ家の人間であるアレッタは、大丈夫だと笑って残りのサンドイッチを頬張った。

その後、しばらくマーガレットとおしゃべりを楽しむ。

そうして小さなお茶会を終え、トレーニングウェアを持って鍛錬場《たんれんじょう》へ向かった。

更衣室で着替えてやって来たそこは朝とは違い、数人の騎士科の生徒がいるだけで、閑散《かんさん》としている。

アレッタは準備運動として軽く走ってから、武器庫に預けていた大剣を取り出した。

それを、一振り、二振り、三、四、五……

大剣を振るたびに、ブォン、と空気を切り裂く恐ろしい音がする。

その場にいる数人の生徒が、呆《あき》れ半分、感心半分で彼女を見た。

「あの小さい体のどこにあんな力が……」

「流石《さすが》、ベルクハイツ……」

そんな声が聞こえるが、いつものことなので放っておく。

そうやって大剣を振っていると、鍛錬場《たんれんじょう》の入り口に知っている顔が現れた。

「アレッタ！」

「ん？　あ、フリオ」

「お前、もう大丈夫なのかよ？」

アレッタが大剣を振る手を止めると、それを確認したフリオが寄ってくる。

彼はベルクハイツ領の隣の領を治めるブランドン伯爵家の三男坊だ。この学園の騎士科に在籍している三年生で、アレッタの幼馴染《おさななじみ》でもある。

「倒れたって聞いたぜ？」

「ああ、うん。貧血みたいなもの、かな？　流石《さすが》にびっくりしちゃって」

「びっくりって、お前なぁ……」

フリオは呆《あき》れた表情で言うものの、その瞳にはアレッタを気遣う色が見えた。

普段、粗野な言動が多いこの幼馴染《おさななじみ》の心根は、意外と優しく紳士的なのである。

日に焼けた浅黒い肌に、燃えるような赤毛を持ち、濃い琥珀《こはく》色の瞳が美しい。顔は少し野性味を感じる整い方だ。

外見も中身もかなりいい男なのだが、荒っぽいせいで令嬢達には遠巻きにされている。そんな実に勿体《もったい》ない男なのだ。

フリオは顔色を確認するかの如《ごと》くアレッタをじっと見つめると、しばらくして溜息《ためいき》をつく。

「取りあえず、今日は軽く流す程度にしておけよ。無理してまた倒れたら、ただの馬鹿だからな」

「分かったわ」

アレッタはきちんとそう言ったのに、フリオは見張っておくつもりらしく、見学席で彼女を眺めている。

そして、激しくなる前に鍛錬《たんれん》を止め、汗を流してこい、と女子更衣室へ放り込まれた。

いた。

「うー、もうちょっと動きたかったのに……」

アレッタはぶつぶつ言いながらシャワーを浴びる。そして更衣室から出ると、呆《あき》れ顔のフリオがいた。

「お前なぁ、髪くらい乾かしてこいよ」

「めんどくさい。フリオ、やって」

「っ、はぁぁぁー……」

一瞬言葉を詰《つ》まらせ、続いて重く大きな溜息《ためいき》を吐いた後、彼は何も言わず髪を乾かしてくれる。

――春の風よ、水を連れ去れ〈乾燥《ドライ》〉。

髪に気持ちのいい風が当たったと思うや否《いな》や、すっきりと乾く。

「おー、相変わらず上手ね」

「毎度毎度こき使ってくる誰かさんのお陰でな！」

「ありがと。助かってます」

「……ん」

アレッタが素直にお礼を言うと、眉間《みけん》に皺《しわ》を寄せつつも、フリオは手櫛《てぐし》で髪を整えてくれた。それ以上は何も言わず、頷《うなず》く。

このなんだかんだで面倒見の良い幼馴染《おさななじみ》と結婚する人は、きっと幸せになれるに違いない。婚約者に、あんなわけの分からないフラれ方をする自分と違って……

アレッタはそう思った。

その後、寮へ戻ることにした彼女は、こちらもまた寮へ戻ると言うフリオと一緒に寮への道を歩く。

「なあ、昨日あったこと、もう親父《おやじ》さん達に知らせたのか？」

「まだ。今日手紙書いて、明日送るつもり」

「なんだ、まだ書いてなかったのかよ」

そうフリオは言うが、何をどう書けばと悩んでしまい、アレッタは先に汗を流すことにしたのだ。

「……あー、あのさ。俺、昨日の夕方頃にベルクハイツ領から帰ってきたんだよ」

「そうなの？」

「ああ。お前んとこの魔物の氾濫《スタンピード》討伐に参加させてもらって、終わったのが四日前」

「ふーん」

フリオは時々実戦経験を積むため、『深魔《しんま》の森』の魔物の氾濫《スタンピード》の討伐に参加している。この討伐への参加は、学園が一定以上の実力を持つ騎士科の生徒にすすめているものだ。

「それで、だ。学園の生徒はベルクハイツ領から飛竜乗りに送ってもらうんだが、彼らはいつも一日学園に留まって、翌日に帰るんだよ」

「そうなの？」

「そうなんだよ。夜間は飛べないからな。だから、昨日もベルクハイツ家に心酔する飛竜乗り達が学園にいたわけだ」

「……えっ？」

ここに来て、アレッタはようやくフリオが何を言いたいか分かった。

それは、つまり――

「その飛竜乗り達はベルクハイツ家に仕《つか》える連中だから、いつも中央の情報を何かしら持って帰るんだ。つまり、お前の婚約者の所業も、お前の手紙が着く前に、親父《おやじ》さんの耳に入ってるはずだ」

「ひぇっ……！」

小さく悲鳴を上げ固まったアレッタを憐《あわ》れみを含んだ目で見つつ、フリオが続ける。

「お前の家に心酔する連中が報告を上げるんだ。お前の実家、大変なことになるんじゃないか？」

「ひぇぇぇ……」

実はアレッタは、ベルクハイツ家始まって以来、初めて生まれた女の子である。それはもう可愛がられ、大切に育てられた。

彼女の婚約は、中央――つまり王家と高位貴族がベルクハイツとの繋がりを欲したから成立したのだ。当然、婚約者は吟味《ぎんみ》に吟味《ぎんみ》を重ね、信頼できる複数の人間が太鼓判《たいこばん》を押した人物だった。

この騒動、実はも何も、かなりヤバイ案件である。

アレッタとしては、父の怒髪天《どはつてん》を衝《つ》かないよう言い回しを考え、せめて穏便《おんびん》に伝えようと思っていたのだ。しかし、もう遅いのだとフリオは言う。

「あのルイスって奴を推薦した人間には、宰相と第一騎士団長が含まれてる。王家だって無関係じゃない。ルイスは、それらの上層部や、他にも奴を評価した連中全てのメンツを傷つけたんだからな。王太子とその元婚約者の問題もあるし、大変なことになるぞ」

「ふあぁぁ……」

つまり、考えうる最悪の状態へ事《こと》は向かっているのだ。

ぷるぷる震え始めたアレッタに、彼は困ったような笑みを浮かべる。そして彼女の頭を撫《な》でた。

「取りあえず、俺も力を貸してやるから、頑張ろうな？」

「ふりおぉぉぉぉぉ」

慈悲深いフリオのその言葉に、アレッタは涙目で縋《すが》りついたのであった。

＊＊＊

フリオから衝撃の事実を聞いたアレッタは、青褪《あおざ》めふらつきながら部屋へ戻った。

しばし自室でどうすべきかと頭を抱えたが、良い案は出ず、そのまま日が暮れる。

彼女はそんな自分の無力さを嘆《なげ》きつつ、夕食を食べるために食堂へ向かった。

「アレッタ！」

そんな彼女に声をかけたのは、マデリーンだ。

マデリーンの他にも、マーガレット、エレーナ、フローラと、いつものメンバーが揃《そろ》っている。

食堂へ向かうつもりだったのだろう。

「マデリーン様……」

「ちょっと、大丈夫なの？　顔色が悪いわ」

「医務室に行ったほうが良いんじゃない？」

寄ってきた四人に、アレッタは力なく笑いかける。

「心配してくださって、ありがとうございます。大丈夫、具合は悪くありません」

「だけど……」

心配する四人を取りあえず食堂に行こうと誘い、一緒に移動した。

マデリーンが、せめて胃に優しい物を食べなさいと、アレッタの分も注文する。他の三人もそれぞれ注文して一息ついたところで、エレーナが口を開いた。

「アレッタ、ごめんなさい。今の貴女《あなた》に聞くべきではないのは分かっているのだけど、あえて聞くわね。貴女《あなた》のご実家は、今後、どう動くと思う？」

その質問に、食堂にいる全員の気配が動く。

皆、ベルクハイツ家の動きを知りたいのだ。

「それなんですが、どうも、昨日の夜、我が家の者が学園にいたみたいなんです」

「えっ」

目を瞠《みは》る四人に、アレッタは情けない顔で言う。

「あまり事《こと》が大きくならないようにしたいと思っていたんですが、恐らく、今回の騒動は既《すで》にその者が実家に知らせたと思います」

一同、絶句であった。

ベルクハイツ家の家臣達の忠臣ぶりは、貴族の間では有名な話である。

当たり前だ。この世界のどこに、魔物の群れに一騎で突っ込んで壊滅状態に追い込み、町を守り抜く領主がいるのだ。

そんな、物語の中でしかお目にかかれないでたらめな力を持つ領主一家は、領民を守り抜くことを誇《ほこ》りとしている。常に先頭に立って戦い続け、堅実に、誠実に国と民《たみ》に尽くすストイックな一族。人気が出ないほうがおかしい。

家臣団は、一族に心酔しきっており、一族のためなら喜んで死ぬようなヤバイ奴ばかりである。そんな連中が、次期当主がかかされた恥の報告を当主に上げるのだ。その内容はどんなものになるのか……

嫌な予感しかしなかった。

「もしかすると、家臣の誰かではなく、お兄様の誰かが来るかもしれません……」

学園を卒業した直系一族の誰かが領地を離れる。

それは、ベルクハイツ家においてのみ、驚愕《きょうがく》の出来事である。

ベルクハイツ家の人間の力は凄《すさ》まじく、一人でも領地を離れると戦力が激減してしまう。そのため魔物の氾濫《スタンピード》を警戒して、成人した者は滅多《めった》に領地を離れないのだ。

それなのに領地を離れるとは、それだけ事態を重く見ている、ということになる。

「せめて、側近の誰かが出てくる程度で治めたかったんですが……」

苦しげに言うアレッタの言葉を聞き、聞き耳を立てていた周囲の生徒達は慌てず騒がず上品に席を立つ。微笑《ほほえ》みの仮面の下に必死の形相を隠し、家に報告すべく動き出した。

＊＊＊

食堂での、戦慄《せんりつ》の情報投下から数日後。

現在、学園は混乱していた。

王太子によるでっちあげの断罪劇からの婚約破棄騒動。

理不尽な裁きを受けた公爵令嬢《レーヌ》の手を取った男の婚約者が、実はベルクハイツ家の令嬢だったこと。

それをベルクハイツ家当主の耳に入れたのが、狂犬属性の家臣であること。

書き出しただけでは王太子の馬鹿っぷりが燦然《さんぜん》と輝いているが、それと同じくらいヤバイと思われているベルクハイツ子爵家の異様さよ……

アレッタは遠い目をしながら、落ち着かない雰囲気の学園の廊下を歩いていた。

そんな彼女を呼び止めたのは、ベルクハイツ家のヤバさを知る一人で、実は例の乙女ゲームの攻略対象者だった教師、ローレンス・ガドガンだ。

ローレンスは震える手でアレッタの肩をがっちり掴み、問う。

「それで、バーナードは来るのか？」

バーナードとは、アレッタの次兄である。青褪《あおざ》めているローレンスは、バーナードと同級生だったのだ。

「いいえ、来ません」

リサの攻略の魔の手を逃《のが》れ、馬鹿五人組から外《はず》れていた攻略対象《ローレンス》に、アレッタは正直に答える。

その言葉を聞いて安堵《あんど》の息を吐いた彼に、彼女は遠い目で微笑《ほほえ》みを浮かべて告げた。

「けど、お父様が来ます」

ローレンスは固まり、そのままぶっ倒れた。

「せんせぇぇぇ!?」と悲鳴を上げ、生徒達がローレンスのもとへ駆け寄る。

アレッタはそんな生徒達のために道をあけ、再び遠い目になった。

彼女がその知らせを受け取ったのは、今朝のことだ。

学園に行く準備をしていた時に、手紙が来ていると寮監から渡された。

手紙には、ベルクハイツ家は今回のことを重く見て、当主自ら王家にベルクハイツ家をどう思っているのか問う、とある。

これを読んだアレッタは、青褪《あおざ》めるを通り越して達観した表情になり、思った。

これは、大変なことになるぞ、と。

第二章

さて。

実のところ、アレッタが、あの婚約破棄劇までこの世界が乙女ゲームの世界だと気づけなかったのには、理由があった。

それは、アレッタの家族である。

アレッタは祖母似で平凡な容姿であるが、家族は違う。

まず、母のオリアナは大変妖艶《ようえん》な美女である。若い頃は数多《あまた》の貴族、金持ちの商人、果ては王族までもが彼女に夢中になり、中には身を持ちくずす者も出たほどだ。

それこそ傾国の美女と言われ、多くの人間に求められるあまり、何度も婚約者が替わった。全て、オリアナを欲しがった男達に婚約者を害された結果である。

そんなオリアナの最後の婚約者であり、夫となったのが、アレッタの父、アウグスト・ベルクハイツであった。

アウグストは頑強《がんきょう》、そして、とても理性的な紳士だ。

多くの男を骨抜きにしてきたオリアナだが、彼に心底惚《ほ》れ込み、夢中になった。

そのアウグスト、実は、顔が怖い。というか、ベルクハイツ家の男は皆揃《そろ》って顔が濃く、くどく、怖い。

この世界の人間の顔立ちが少女漫画風だとするなら、ベルクハイツ家の顔立ちは、言うなれば劇画風である。

兄達の顔は整ってはいるがどこぞの覇者《はしゃ》みたいな風格のある顔つきで、アウグストに至っては覇《は》王《おう》顔である。さらに言うなら、領軍の連中は、ヒャッハーと言わんばかりの凶悪な顔つきで笑いながら魔物に突っ込んで行くので、彼らを見ると、脳裏にどうしても某漫画の暴徒が浮かぶ。

そんな環境で育ち、他領に出たことがなかったアレッタに、この世界が乙女ゲームの世界だと気づけというほうが無理である。フリオや祖母のようなタイプは、少数派だと思っていたのだ。

そんな彼女は、学園に来て驚愕《きょうがく》した。

劇画世界から、いきなり少女漫画の世界に来たのである。

突然の世界の変貌《へんぼう》に挙動不審になっている彼女に声をかけてくれたのが、マデリーンだった。

それからも、何くれとなく面倒を見てくれて、アレッタはマデリーンにとても感謝している。

そのマデリーンもまた、実は乙女ゲームに出てくるライバルの悪役令嬢の一人だったわけだが……

ゲームのマデリーンは、ヒロインが婚約者を攻略しようとするとヒロインに突っかかって意地悪を言うのだが、現実のマデリーンはヒロイン達とは関わりたくない、と言わんばかりであった。

所詮《しょせん》、ゲームはゲーム。現実とは違うのだ。

さて、話を戻そう。

覇王《はおう》顔のアウグストだが、顔が怖いだけではなく、全体的に只者《ただもの》ではないオーラを発していて常人に圧迫感を抱かせる。本人としては威圧しているつもりはないのに、耐性のない者は彼を前にするだけでひれ伏してしまうのだ。

そんなアウグストが、王都に来た。

飛竜を使って早々に到着した彼は、数人の側近と召使いを連れている。

彼の来訪はとても分かりやすい。なぜなら、空の向こうから威圧感のあるナニカがやって来るのを、皆が感じるからである。

「お父様！」

「アレッタか。出迎えご苦労」

アレッタは学園を休み、王都にある別邸にて、アウグストを出迎えた。

「お嬢様！」

父ほどではないが、常人よりは迫力のある顔をしている側近達が駆け寄ってくる。

「久しぶりね、ヘイデン。今回は、とんだ災難だったわ。とはいえ、大してショックを受けてはいないの」

「ええ、ええ、分かっていますとも。本当に、なんと許しがたい……！」

ほぼ白髪《しらが》の黒髪を撫《な》でつけた文官風の男が、アウグストの側近の一人、ヘイデン・ノークスだ。

アレッタはあちらから何か言われる前に、傷ついてはいないというアピールをしてみたのだが、ヘイデンの目はこちらを気遣う色と煮えたぎるような怒りに溢《あふ》れていた。

周りを見渡せば、他の者も似たりよったりな感情を持っているらしい。

「アレッタ、おまえの婚約者の父――ノルトラート侯爵には既《すで》に使いを出し、明日伺うことになっている。しっかり用意しておくように」

「はい、お父様」

そして、アウグストは声色こそ落ち着いているが、漏れ出る威圧感が普段の倍だ。

アレッタは道中、罪のない人々が失神したりしていないか心配になった。

＊＊＊

翌日。アレッタはアウグストとノルトラート侯爵邸へ向かった。

そこで、それはもう丁寧な対応を受ける。

侯爵は青褪《あおざ》めた顔で冷や汗をかき続け、夫人はアウグストの威圧感をまともに受けてひっくり返った。遠くでパタパタ人が倒れている気配がするのは、気のせいだと思いたい。

そして、下手人――ではなく、今回の騒動の張本人の一人であるルイスは、至るところに青あざを作り、顔は派手に腫《は》れ、ボコボコになっている。イケメンぶりは見る影もない。

アウグストは眉を寄せてルイスを見たが、すぐに目を逸《そ》らした。自分が殴る余地が残されていない、と不満に思っているのだと、娘《アレッタ》は察する。

「ノルトラート侯爵、ルイス殿はどうされたのか」

「いえ、はい！　騎士団長殿に稽古《けいこ》をつけていただいたらしく！」

それは、爵位など無意味だと思わせる遣り取りだった。

子爵を前に侯爵が鯱張《しゃちほこば》っている。

どうやらルイスの状態は騎士団長の怒りによるものらしい。

「此度《こたび》の一件、あのようなことをされたのなら、このまま婚約させておくわけにはいかん。ルイス殿との婚約は解消させていただく」

「それは……！」

怯《おび》えながらも、流石《さすが》は侯爵家の当主。アウグストを引き留めようとする胆力はあった。

しかし、アウグストが一睨《ひとにら》みしただけで黙ってしまうあたり、力が不足している。

その後は側近のヘイデンが交渉を進め、多額の慰謝料を払うことに同意させた。

アレッタはルイスを見る。けれど彼はアレッタから目を逸《そ》らし、視線を合わせようとはしない。

結局、アレッタとルイスの元婚約者同士は、一言も喋《しゃべ》ることなく婚約関係を終わらせたのだった。

＊＊＊

婚約が破棄された翌日、アレッタは学園へ戻った。

アウグスト達はまだやることがあると言い、王都に残っている。

アレッタは朝に鍛錬《たんれん》ができなかった分、再び夕方に大剣を振っていた。

胸にこみ上げる何かを振り払うかのように、一心不乱に振る。

横に薙《な》ぎ、斜め上に切り裂き、上から振り下ろす。

それを繰り返し、いつも通り鍛錬《たんれん》を終えるが、残念ながら気分は晴れなかった。

「アレッタ」

溜息《ためいき》をつき肩を落とす彼女に声をかけたのは、フリオだ。

「フリオ」

「鍛錬《たんれん》、終わったか？」

そう言って尋ねる声は、どこか優しい。

どうやら、アレッタの心が荒れているのがバレているようだ。

「……フリオ」

「なんだ」

アレッタは鍛錬場《たんれんじょう》に設置されているベンチに誘導され、そこに並んで座った。

「昨日、婚約破棄してきた」

「そうか」

彼女はそのまま黙り込み、フリオも何も言わず鍛錬場《たんれんじょう》を眺めている。

そうしてしばらくして、アレッタは自分の膝《ひざ》に頬杖《ほおづえ》をつき、口をへの字にして語り出した。

「――別に、婚約破棄は全く問題ないの。あんなことされて、婚約関係を継続したいと思わないし、あの人に恋愛感情を抱いていたわけじゃないもの」

「ああ」

「けど、あの人との結婚に納得して、二年間過ごしてきたのよ。ホント、意味が分からないわ。あの人、昨日も私に一言もなかったし、目すら合わせなかったわ……」

「そうか」

「謝られたら謝られたで腹が立ちそうだけど、一発殴ろうにも既《すで》にボロボロで、殴れる箇所もなかった。お父様も不満そうだったわ」

「ふは、既《すで》にボロボロだったのか」

「ええ。騎士団長に扱《しご》かれたんですって」

ルイスの惨状《さんじょう》を聞き薄く笑うフリオを眺めつつ、アレッタはまたしても大きく溜息《ためいき》をつく。

「たくさんの人に太鼓判《たいこばん》を押された婚約だったのよ。それが、こんな結末。ホント、意味分かんない」

「そうか」

恋愛感情はなかった。けれど、結婚しても良いと思う程度には情があったのだ。

フリオの静かな相槌《あいづち》に、アレッタは彼を仰《あお》ぎ見る。

「……フリオは、まだ婚約者とか、恋人とかは作らないの？」

「あー……」

彼はアレッタをチラと見て笑った。

「ま、これから、だな」

「え？」

意味ありげに、ニヤリと笑う彼に、アレッタは跳ねるように立つ。

「フリオ、好きな人がいたの⁉」

「さー？　どうかなー？」

「ちょっと、ここまで言っといて、内緒なの⁉　ずるい！　教えてよ～」

さっさと立ち上がって歩き出した彼を、慌てて追いかける。

初めて知った衝撃的事実だ。アレッタはフリオに纏《まと》わりつき、なんとか想い人の名前を聞き出そうとするが、軽やかにかわされた。

そしてフリオの想い人を聞き出すのに夢中になったアレッタは、気づかない。彼女の胸にあった燻《くす》ぶりが、いつの間にか消えていたことに。

＊＊＊

ここ数日、ウィンウッド王国は水面下で様々な動きがあった。もっとも学園は、日頃目立っていた人間が姿を消し、表面上は恙《つつが》なく過ぎている。

学園には各地で選ばれた優秀な平民も入学しているので、彼らの安全を保証するため、平等を謳《うた》っていた。しかし、それなりに身分による優遇はある。

貴族社会の縮図であるここは、いずれ権力の側へ上がる平民達に貴族社会を学ばせる場所でもあるのだ。

そんな学園から、王太子とその側近達、そして、貴族の最大派閥を誇《ほこ》っていたブルクネイラ公爵令嬢がいなくなった。今、最も力があるのはマデリーン・アルベロッソ公爵令嬢だ。

そのマデリーンが今後どう動くのかと耳目《じもく》が集まっている。けれど彼女は、それらを華麗に無視し、変わらぬ日々を過ごしていた。

そして、ある日の午後のティーサロンで友人達に告げたのである。

「シルヴァン・サニエリク様との婚約を解消することになりましたわ」

にっこりと極上の笑みを浮かべるマデリーンを見て、アレッタ達はさもありなんと思う。それと同時に、余程腹に据《す》えかねていたんだな、と察した。

「あの方、随分《ずいぶん》前から目も当てられないほどお馬鹿さんになっていましたけど、先日の騒動が決定的な失態になりましたの。お父様は大変なお怒りようで、数日内に正式に手続きが済む予定ですわ」

マデリーンはシルヴァンとそれなりの関係を築いていた。ところが、シルヴァンはリサと関わってからマデリーンとリサを事《こと》あるごとに比べ、マデリーンを蔑《さげす》み、リサを賛美していたのだという。

「貴族の娘ですから、どんな相手でも笑顔で嫁《とつ》ぐ覚悟はありましたけど、あの方、最近では生理的に気持ち悪い——ごほん、失礼。私には荷が重いと思っておりましたので、安心しましたわ」

シルヴァンは大層美形なのに、それでもカバーできないくらい気持ちの悪い男に成り下がっていたらしい。

心底安堵《あんど》し笑顔を輝かせるマデリーンの知られざる苦労を思い、アレッタ達は彼女を労《いたわ》るための新たなスイーツを注文したのだった。

＊＊＊

学園の権力模様から政界まで、多方面で様々な動きがある中、やはり目立つ動きをしたのがレーヌのブルクネイラ公爵家とルイスのノルトラート侯爵家であった。

マデリーンの婚約解消報告のお茶会から数日後。アレッタの耳にも、両家の現在の様子が聞こえてきた。

ブルクネイラ公爵家とノルトラート侯爵家から、人が離れていっているらしい。

さもありなん。ベルクハイツ家は子爵家といえど、その名は安くはないのだ。王太子に非があるとはいえ、二家は王家にも喧嘩《けんか》を売ったことになる。先細りが目に見えているのだ。

アレッタはもそもそと揚げたポテトを食べつつ、そんなことを考えた。

本日は、学園の休養日である。フリオの「奢《おご》ってやる」という言葉に釣《つ》られ、ホイホイやって来たのは王都の国立公園だ。

そこでフィッシュ＆チップスを奢《おご》ってもらった彼女は、噴水の縁《ふち》に座り、フリオと共にポテトを頬張る。

「お前、本当にこれでいいのか？　もっと良いもん奢《おご》るぞ？」

「えー？　いいよ、これで。それに、時々こういうジャンクなものが食べたくなるのよね」

何やら納得がいかないらしく、フリオは複雑な顔で揚げたタラに齧《かじ》りついた。

「そういえば、フリオと出掛けるのって、何年ぶりかな？」

「さあな……。ま、俺が学園に入学して以来だから、二年ぶりか？」

その言葉に、ちょうどその頃に婚約したことを思い出してしまい、アレッタはそれを振り払うように話題を変える。

「──王太子殿下、廃嫡《はいちゃく》されるらしいね」

「そうだな。まあ、罪をでっちあげて女を貶《おとし》めようって奴には誰もついていかないだろ」

最高の教育を受けていたはずなのに、なんであんな問題児が出来上がったんだろうと、二人して大きな溜息《ためいき》をつく。

「けど、王太子殿下って一人っ子よね？　次は誰になるんだろう？　隠し子でもいるのかしら？」

「おい、馬鹿、滅多《めった》なことを言うな。順当に、王弟殿下だろ。あの方はまだ二十五歳だからな」

それを聞き、アレッタは首を傾《かし》げた。

「そういえば、王弟殿下の噂《うわさ》ってあんまり聞かないね」

「まあ、そうかもな。殿下は今国外にいるし」

「え、そうなの？」

「そうだぞ。外交関連があの方の仕事だ」

「へぇー……」

そうなんだ、と目を瞬《またた》かせる彼女に、フリオが苦笑する。

「王弟殿下にお子様はいらしたっけ？」

「いや、いないぞ。結婚もまだだな」

「あれ？　そうだっけ？」

「そうだ。陛下になかなか子供ができなかったことと陛下と年が離れてたことで、王弟殿下が王太子だった時代があるんだよ。で、アラン殿下が生まれたからその座から降りたんだ。だが、王弟殿下が婚約者を決める際に簒奪《さんだつ》を唆《そそのか》す阿呆《あほう》が出たため、婚約者を決めないまま外交の名目で国外に避難した。それで、そのまま独身ってわけだ」

よく知ってるなと感心すると同時に、アレッタは少し不安になった。王都に来てから感じているが、どうも自分は噂《うわさ》だとか情勢だとかに疎《うと》い気がしてならない。皆が知っている情報を最後に得ている気がするのだ。

そんなことを考えて少しばかり情けない顔になってしまったらしく、フリオが慰《なぐさ》めるように頭を撫《な》でてくれた。

「え、何？　いきなり……」

「ん～？　別に……。ま、気にするな。お前、どうせ自分が世情に疎《うと》いんじゃないか、って思ったんだろ？」

「えっ⁉　なんで分かったの⁉」

驚くアレッタに、フリオは肩をすくめる。

「どれだけの付き合いだと思ってるんだよ。分かりやすいよ、お前。けど、それに関しちゃ気にしなくていい。特にお前の家は何よりも戦うことを期待されるんだ。世情だの噂《うわさ》だのを集めて把握しとくのは家臣や伴侶の役目。お前はまだ若いし、今までだって戦闘訓練を重視してた。そこら辺が甘くても仕方がない。世情の流れを汲《く》む能力を磨かなきゃならなかったのは、お前の元婚約者だ」

まあ、お前に相応《ふさわ》しくない男だったけどな、と彼は締めくくった。

なんとまあ、本当に気遣いのできる男である。

アレッタは感心してフリオを見つめた。

すると彼は、見るなと言わんばかりに乱暴に頭を撫《な》で、それに怒ると、けらけらと笑う。

「よし、食べ終わったんなら、次に行こうぜ」

そう言って、アレッタが持っていたゴミをさっと取り上げ、油で汚れた手を浄化魔法で綺麗にしてくれた。

至れり尽くせりの行動に目を白黒させつつ、アレッタは慌てて立ち上がる。

「え、いいよ。ゴミくらい、自分で捨てるよ」

「ばーか、ここは甘えるところだ」

彼はニッと笑い、ゴミをゴミ箱に捨て、アレッタの手を引いて歩き出す。

「ちょっと、フリオ！」

「ほら、さっさと行くぞ」

そう言ったフリオが彼女の手を放すことはなかった。

アレッタは何がなんだか分からず、結局そのまま園内をフリオと散策し、一日を終える。

その後、マーガレットに「それはデートじゃないの？」と指摘され、淑女にあるまじき間抜けな顔を曝《さら》したのであった。

＊＊＊

マーガレットに、フリオとの外出をデートだと指摘されて以来、アレッタは混乱していた。

デートとは、即《すなわ》ち逢引《あいび》き。恋愛関係にある男女の逢瀬《おうせ》。

そう、双方の間に恋愛感情のある男女が、連れ立って出掛けることを指すのだ。

そして、アレッタは唐突に自覚した。フリオと自分は男女で、血の繋がりはなく、そういう関係になる可能性があるという事実を。

その途端、芋づる式に思い出す今までの自分の行動。

フリオに気軽に近づき、髪まで乾かしてもらい、まるで親族にするみたいにボディタッチをし、甘えてきた。

「ああああああ！　異性に対して、年頃の娘のする行動じゃないぃぃぃぃぃぃ！」

アレッタは寮の自室で頭から布団を被って悶《もだ》える。

「なんで自分はあんなことを意識せずしてきたんだ⁉」と自分で自分が分からない。穴があったら入りたいほど羞恥《しゅうち》で一杯だ。

「大体、フリオだって、どうして何も言わないの⁉」

その言葉は、あながち責任転嫁とも言い切れない。

甘えられていた側の彼が一言注意すれば良い話なのだ。あの察しの良いフリオが気づいていなかったとも思えない。けれど、それだと気づいていたのになぜ言わなかったのかという問題が、新たに浮上した。

フリオに文句を言いたいが、恥ずかしくて顔が見られない。

しかし、いつまでも悶《もだ》えてなどいられなかった。

授業が終わってすぐ自室に戻り奇声を上げ続けていたアレッタは空腹を覚え、ノロノロと布団から顔を出す。

「お夕飯食べに行かなきゃ……」

そうして身なりを整え、食堂へ向かった。途中、件《くだん》の元凶でもあるフリオと、最近なんだかんだで学園の派閥トップに躍り出たマデリーンを見つける。

二人は何事か話していた。遠目ではあるものの、マデリーンは疲れているように見える。

しかし、あの二人が話すなど珍しいこともあるものだ。そう思っているうちに二人は別れ、フリオは寮の方向へ、マデリーンはこちらへ歩いてきた。

「マデリーン様」

「あら、アレッタ……」

声を掛けると、彼女はやはり疲れた様子でアレッタを見遣る。

「あの、マデリーン様、なんだか疲れているご様子ですが、大丈夫ですか？」

「ああ……。ええ、まあ、大丈夫よ。貴女《あなた》ほどではないけど、このところ、色々あったから……」

軽く溜息《ためいき》をついて、マデリーンはアレッタに向き直った。

「確か、三年のフリオ・ブランドンは貴女《あなた》の幼馴染《おさななじみ》だったわよね？」

「え？　あ、はい」

そう問われ、アレッタは戸惑《とまど》いながらも頷《うなず》く。

「彼、随分《ずいぶん》と策士なのね。私としたことが、全く気づかなかったわ……」

「へ？」

そして深い溜息《ためいき》と共に出た言葉に、目を丸くした。

それを見たマデリーンが少し困ったように微笑《ほほえ》み、告げる。

「私は元々貴女《あなた》とは良い関係を築きたいと思っていたけれど、予想以上に長く、深い付き合いになりそうよ、アレッタ」

「ええ？」

わけが分からず首を傾《かし》げるアレッタに意味深に微笑《ほほえ》んで、それ以上は語ろうとしない。代わりにアレッタを夕食に誘い、食堂へ向かう。

アレッタはマデリーンの気持ちを汲《く》み取《と》り、大人しくその後に続いた。

そして、そんなマデリーンの言葉の意味を知ったのは、その数日後である。

王都にあるベルクハイツ家の別邸に呼ばれた彼女は、仰天した。

「ベルクハイツ家四男、お前の兄であるグレゴリーと、アルベロッソ公爵家の令嬢、マデリーン・アルベロッソ嬢との婚約が決まった」

その婚約は、貴族達に再び大きな衝撃を与え、その後、水面下で様々な人間が暗躍することとなるのだった。

＊＊＊

詳しい話を聞こうと、アレッタはマデリーンと親しい少女達を集め、小さなお茶会を開いた。

アレッタがどう話したものかと困った顔をしていると、マデリーンが苦笑しながら婚約までの経緯を説明してくれる。

アレッタはもちろん、マデリーン本人も知らなかったのだが、なんでも、今回の婚約話は随分前《ずいぶん》からあったらしい。

「どうもお父様は、シルヴァン様との婚約解消を半年以上前から検討していたらしいの」

アルベロッソ家はシルヴァンがおかしくなり、それが目立ち始めてすぐに彼の実家であるサニエリク家に忠告し、一年程前からは婚約解消をちらつかせてきたのだという。

「それでも、あの方の行動はおかしくなるばかりで止まらないので、とうとう本腰を入れて婚約解消に向けて動き出したの」

それが、半年前なのだとマデリーンは語った。

もちろんサニエリク家はそれを了承せず、のらりくらりと躱《かわ》し続けていたのだが、アルベロッソ家では既《すで》に次の婚約者の選考を始めていた。そして、その行動をサニエリク家に察知させることで、一層の圧力をかけていたということだ。

「そこに、ベルクハイツとの縁を結ぶ娘を探している勢力があるとの情報が流れてきてね。それで、それとなくベルクハイツ家に話を持っていっていたのですって」

ベルクハイツ家は当初は訝《いぶか》しんでいたものの、徐々に悪くない感触になり、そして、ようやくシルヴァンと婚約解消できたので、先日無事、婚約の運びとなったのである。

お陰様で騎士爵だったグレゴリーは、将来父親から子爵位を貰《もら》うマデリーンに婿《むこ》入《い》りすることとなった。ただし、マデリーンの爵位に領地はないので、二人が住む場所はベルクハイツ領である。

「今回、アレッタの婚約が駄目になってしまったでしょう？　それで、ベルクハイツ家は王家と中央貴族に不信感を持たざるを得なかった。けれど、今回のことは私達にとっても寝耳に水で参ってしまっている。それにアレッタのご実家としても、中央と事《こと》を構えるのは本意ではないのでしょう？」

「はい。今回の件は、どちらかと言えば不幸な事故。というか、各人それぞれの暴走が連鎖したせい、というか……」

どうにも名状し難《がた》い。

ベルクハイツ家でも今回の騒動の情報は集めている。それによるとこの騒ぎは、子供達の暴走を大人が制御できず、火種が火事となって恐るべき速度で多方面に燃え広がったものだと思われた。

その大火に、各家の政治的な思惑《おもわく》は絡んでいない。

「王家としてもベルクハイツ家に背を向けられる事態なんて望んでいない。そもそも繋がりを強化するためのアレッタと中央貴族との婚約だったのよ。それがあんなことになって、一番頭と胃を痛めているのはきっと陛下達でしょうね」

一同はなんとも言えぬ表情で顔を見合わせる。

「それに、中央貴族とアレッタの婚約は、次代でベルクハイツ家が陞爵《しょうしゃく》を予定しているからでもあるでしょう？」

それは公《おおやけ》にされていることなので、少女達は黙ってマデリーンの言葉の続きを待った。

「初の女領主に箔《はく》が付くとアレッタのお父様はお喜びになり、中央のほうでもベルクハイツ家とより強く繋がっておきたいと考えた。ベルクハイツ子爵も、辺境伯となる娘に中央に顔が利く婿《むこ》殿がいれば心強いと思ったのでしょうね。そうして、あのあんぽんたんとの婚約が決まった」

「あんぽんたん……」

マデリーンの口から意外な罵《ののし》り言葉が飛び出したことに、アレッタは唖然《あぜん》とする。けれどマデリーンはしれっとした顔で話し続けた。

「ところが、あの男はあんぽんたんだったから、御破算《ごはさん》になった。でも、できることなら中央とベルクハイツ家は繋がりが欲しい。そこで出てきたのが、以前からそれとなく婚約の打診をしていた我が家、というわけ」

ようやくシルヴァンとの婚約を解消できたアルベロッソ家は、正式にベルクハイツ家に婚約の話を申し入れたのだ。

「そこに飛びついてきたのも王家だったの。もう、あんなわけの分からないことになって、今の王家の求心力は落ちているわ。これでベルクハイツ家に背を向けられたら、一巻の終わりよ。けれど、我がアルベロッソ家の祖母は王家から降嫁してきた元王女様。私には王家の血が入っているし、遠いけれど王位継承権も持っている。その私がベルクハイツ家と婚姻関係を結ぶのは、大変都合が良いわ」

そして、これは知らなくても良いことなのでマデリーンは語らなかったが、実のところ、水面下ではこの一件を利用してベルクハイツ家を取り込み、王統のすげ替えを目論《もくろ》んだ一派がいたらしい。ベルクハイツ家としては王家や中央貴族に怒ってはいるが、そんな者に利用されるなんて冗談ではない。王家としても絶対に回避したい事柄だ。

そこで問題は未だ解決していないものの、訣別《けつべつ》はしないというパフォーマンスも兼ねて、この婚約が早急に決まったのだった。

「まあ、急な話だったけど、アレッタの義姉《あね》になるのは悪くないと思っているわ」

にっこりと大変魅力的な笑みを浮かべるマデリーンに、アレッタは思わず頬を染める。

「あ、あの、私もマデリーン様にお義姉《ねえ》様になっていただけたら、とても嬉しいです」

照れながらそう言うと、マデリーンは益々《ますます》笑みを深め、上機嫌に告げた。

「さしあたって、私、来週辺りにベルクハイツ領へ婚約者殿のお顔を見に行く予定なの。貴女《あなた》のお兄様に何か伝言はあって？」

当主が領地にいない今、アレッタの兄グレゴリーまで王都に来るわけにはいかず、マデリーンが出向くことになったのだ。

「そんな、マデリーン様に伝言を頼むなんて……」

「あら、気にしなくていいのよ？　そうね、その伝言をお話しする材料にさせてもらうわ」

アレッタは少し悩み、告げる。

「そうですか……。ええと、それでは、お父様達は元気です、怪我に気をつけて、と。お願いできますでしょうか？」

「ふふ。任せてちょうだい」

そして翌週、マデリーンは彼女の婚約者であるグレゴリー・ベルクハイツと会うため、ベルクハイツ領へ旅立ったのであった。

第三章

「あ」

「お」

それは、とある休日のことである。

アレッタは一人で街をぶらぶらと歩いていた。

例の『デート』により色々と自覚してしまい、恥ずかしくてフリオを避けている。

しかし、いずれはどこかで会ってしまうもので……

「アレッ――」

――ダッ！

フリオが何か言う前に、アレッタは回れ右をしてダッシュした。

淑女は走るものではないが、そうも言っていられない。今の彼女にはうまく表情を作る自信がなかったのだ。

「アレッタ！　てめぇ、なんで逃げるんだ!?」

人の顔見て逃げるなんざ、良い度胸だ！　と言わんばかりの、笑顔なのに笑っていない目のフリオが追い掛けてくる。

これが普通の男女であれば彼が追い付くのだが、アレッタはベルクハイツの子。次第に距離が開いていった。

人波を器用に縫う男女の追いかけっこは、それなりに視線を集める。自分が淑女であることを思い出したアレッタは、人目を気にして人気《ひとけ》の少ない場所へ向かう。

走って、走って、走って、とある細い路地に入り、積まれた木箱の裏に隠れて全力で気配を消した。

――バタバタバタ……

表の道をフリオが通り、遠く走り去るのを待つ。

見えなくなったのを確認したアレッタは、そそくさと逆方向へ小走りに向かい、人気《ひとけ》のない教会跡地に着いた。

どうやら旧市街に来てしまったらしく、崩れた建造物が多い。

さて、学園に帰らねばと大きな溜息《ためいき》を吐こうとした瞬間、人の気配を察知する。アレッタは慌ててそれを呑み込んだ。

そして、そっと覗いてみれば、そこには頭からすっぽりとローブを被った人間がいる。

体つきから判断するに女性だろう。ローブからチラチラ見えるドレスが遠目にも良い仕立てで、その女性がそれなりに裕福な家の人間だと分かった。

こんな人気《ひとけ》のない所で高貴な身分と思われる女性が隠れるように一人でいるとなると、その理由として思い当たるのは、『密会』である。

厄介事《やっかいごと》に巻き込まれるかもしれないと、早々に立ち去ろうと思ったが、不意に女性が発した言葉で動きを止めた。

「ルイス様！」

それは、アレッタの元婚約者の名だ。

と、いうことは、あの女性は――

「レーヌ様！」

男の声が聞こえ、再び覗き見ると、今話題の二人が抱き合っている。

なんともまあ、とんでもない現場に居合わせたものだ。

さて、早々に立ち去るべきなのだろうが、正直、とても気になる。

どうしようかと悩んでいるうちに、二人が話し出した。

「ルイス様、こんなに怪我をされて……」

「いえ、こんな傷など大したことはありません」

ルイスの顔の腫《は》れは引いたようだが、傷や痣《あざ》がまだ残っているらしい。

今なら殴れる場所がありそうだ、などと思ってしまうあたり、アレッタは生粋《きっすい》の武門の娘である。

そんなことを考えている間にも、二人の話は進む。

「ルイス様、私、貴方がベルクハイツ子爵令嬢と婚約なさっていたことを知らなくて……」

申し訳なさそうに俯《うつむ》くレーヌに、ルイスが慌てて首を振る。

「いいえ、そんな！　私がいけなかったのです！　婚約者がある身でありながら、貴女《あなた》を想うなど……。貴女《あなた》は王太子殿下の婚約者であられたのに……」

二人は真剣に話しているが、脇で聞いているアレッタは何やら舞台劇を見ている気分だ。

「貴女《あなた》とは結ばれるはずもないと分かっていながら、想いを断ち切れなかった……」

「ルイス様……」

良い雰囲気になっているものの、彼女には気になっていることがある。

レーヌはてっきり領地の家にいると思っていたのだが、王都にとどまっていたのだろうか？　もし領地から態々《わざわざ》出てきたのなら、凄《すご》い行動力だ。

「それに、私はどうしてもアレッタ嬢を愛することができませんでした」

いきなり自分の名前が出てきて、アレッタの肩が、びくり、と跳ねる。

「顔合わせの日、彼女が魔物と戦っているのを見ました。未だ十四歳であるというのに、とても強かった。そんな彼女に、私は必要ないように思えたのです……」

そう言われ、はっ、と気づく。

もしや世間一般的に、強い女って男性に嫌がられるのではなかろうか？　ファンタジー系異世界とはいえ、こんな中世的な世界ではその可能性が高い。

彼女は、魔物をたくさん狩れる人間は尊敬されるというベルクハイツの空気に浸《ひた》っていて、そんな一般論の存在をすっかり忘れていたのである。

思い出すと、アレッタとルイスとの顔合わせはベルクハイツ領で行われた。

ちょうどその日に小規模ながら魔物の氾濫《スタンピード》が起き、未熟なアレッタにはちょうど良い規模だからと駆り出されたのだ。未来の夫にお前の勇姿を見せてやれ、と。

そうして張り切って戦い、凱旋《がいせん》したのだが、あの時のルイスはどんな顔をしていただろうか？

思い出せずに頭を抱えていると、ふと、ルイス達以外の人間の気配がする。そちらに顔を向ければ、人差し指を口の前に持ってきて、静かにというジェスチャーをするフリオがいた。

彼はそっとアレッタの隣に身を隠す。

ベルクハイツの子と、魔物の氾濫《スタンピード》討伐参加常連の戦士が本気で気配を殺しているため、ルイスとレーヌは二人に気づかない。

「私は今回のことで護衛騎士の任から外されました」

「……っ！」

それは簡単に予想できたことだ。それなのにレーヌは息を詰《つ》め、青褪《あおざ》めてルイスの顔を見つめる。

「ベルクハイツ領軍に配属されることになります」

「ルイス様……！」

彼女が悲痛な声を上げる中、アレッタは固まった。

待って？　え、あの人うちに来るの？　と、前世のネットでよく見た宇宙猫の如《ごと》き顔で混乱する。

しかし、なんとなく父、アウグストのしたいことは分かった。

恐らくルイスもレーヌも、ベルクハイツがルイスに対して不幸な事故を起こしたいのだと思っているだろう。

しかし、ベルクハイツの子であるアレッタは、そんな甘いわけがないと考えていた。

ルイスから受けた侮辱《ぶじょく》を死で贖《あがな》わせるなど生温《なまぬる》い。扱《しご》き、叩《たた》き、磨き、ベルクハイツ流に染め上げて、自分が何をしたか分かるまでは絶対に死なせるつもりはないはずだ。

彼女は微妙な顔をするフリオと顔を見合わせ、溜息《ためいき》をつくのを堪《こら》える。

「どうか、私のことはお忘れください」

「嫌です、ルイス様！」

涙声で叫ぶレーヌに、ルイスは悲しげに首を振った。そして、最後にレーヌを強く抱きしめ、そっと手を離して去っていく。

その後には、泣き崩れるレーヌが残された。

そんな二人を覗き見ていたアレッタとフリオは、なんとも言えない表情で、帰ろうというジェスチャーを送り合ってその場を後にしたのだった。

＊＊＊

日が傾き、道に落ちる影が長く伸び始めた。

その影を踏みつつ、アレッタとフリオは黙って歩く。

「なんだか、とんでもないものを見てしまったんだけど……」

「あー……。不運だったたな……」

あの教会跡地から大分離れた所で、アレッタはそう切り出した。

フリオも微妙な顔で、それに頷《うなず》く。

まさか、ルイスとレーヌの密会を見ることになるとは思わなかった。

「けど、お陰で私がフラれた理由が分かったよ」

「は？」

フリオは途中参加だったため、その辺の話は聞いていなかったと気づき、アレッタは告げる。

「どうも、魔物狩りで血まみれの私を見て引いたみたい」

「あー……。中央の貴族だからか……」

しょっちゅうベルクハイツ領に来ていたフリオは、「根性ねえな」と呟《つぶや》いた。

「ベルクハイツ領では男だろうが女だろうが、魔物をたくさん狩れる人は尊敬されるでしょう？けど、世間一般的に、強い女って男性から敬遠されることもあったな、って思い出したの。ほんと、すっかり忘れてたのよね」

その言葉を聞き、困った顔で、そうか、と頷《うなず》く。

「そりゃぁ、私じゃ無理だよね。私は、ベルクハイツ領を守って戦う女領主になるんだから」

溜息交《ためいきま》じりにアレッタが言うと、彼が不意に歩みを止めた。つられてアレッタも立ち止まる。

「フリオ？」

どうかしたのかと尋ねれば、彼は真剣な眼差《まなざ》しを彼女に向けた。

「なあ、俺と結婚しないか？」

「は？」

突然の言葉に、アレッタは頭が真っ白になる。

「俺は、お前のことが好きだ」

「……っ」

フリオは何も答えない彼女に、ゆっくりと近づく。

「お前さ、知らなかっただろうけど、俺はお前の婚約者候補だったんだぜ？」

「え……？」

彼の言葉に、アレッタは目を剥《む》いた。

「婚約者候補は三人くらいいてさ。ベルクハイツ家は特殊だし、初めての女領主、ってことで、お前の結婚相手はかなり吟味《ぎんみ》されてたんだ。けど、俺でほぼ決まり、ってところでベルクハイツ家に陞爵《しょうしゃく》の話が来た」

フリオは酷《ひど》く傷ついたみたいな、それでいて悔しそうに顔を歪《ゆが》める。

「本当に、冗談じゃない、って思ったぜ。俺は、ようやくお前が俺のモノになって、俺はお前のモノになれると思ったのに……。どうしてあんな奴に、横からお前をかっ攫《さら》われなきゃならねぇんだ！」

悔しくてたまらないといった、血が滲《にじ》むような叫びだ。

「お前との婚約の話がなくなって、情けないが、俺はしばらく呆然《ぼうぜん》としてた。それがちょうど学園に入学する時期だ。腑抜《ふぬ》けになっていたが、その時、ルイス・ノルトラートの噂《うわさ》を聞いたんだよ」

フリオが言うには、当時、ルイスとアレッタの婚約は中央政治に関心のある貴族の中では話題になっており、ルイスの人柄や功績などが嘘と真実が混じった状態で届いたのだそうだ。

「俺を押《お》し退《の》けてお前を手に入れる奴がどんな人間なのか、調べてやろうと考えたんだ。いっそ、俺が敵《かな》わない男なら、お前を諦《あきら》められると思って……」

そうして調べるうちに、小さな情報を掴む。一部の侍女達の間にひっそりと流れていた噂《うわさ》だ。

「それは、ルイス・ノルトラートが王太子殿下の婚約者に叶わぬ恋心を抱いているんじゃないかというもので、憶測の域を出ない、証拠のない話だった」

その噂《うわさ》を仕入れた時、彼は本当に腹が立ったものの、その情報の真偽が分からないことも理解していたらしい。

「本当に小さな噂《うわさ》でな、宰相閣下や騎士団長の耳に入らなくても不思議はない、偶然耳にしたものだったんだ」

そのため、フリオは様子を見ることにしたのだという。

「それに本当だったとしても、その恋を諦《あきら》めてお前の婿《むこ》になるってんなら、駄目だった俺が口出しすべきじゃないとも思った」

けれど、ルイスはベルクハイツ家の婿《むこ》になるのなら必要だと思われるアレコレを身につける努力もせず、ただ護衛騎士の仕事をこなすだけだったという。

「それどころか、様子を見ている間にレーヌ嬢のブルクネイラ家に動きがあった。このまま娘と王太子を結婚させてもいいものか、と王家と話し合いの場がもたれたんだ」

それを聞き、アレッタはとても驚いた。

そんな重要な話、きっと外に漏れないよう厳重警戒されていたはずだ。そんな情報をよく掴めたな、とフリオの有能ぶりに目を瞠《みは》る。

「それから、レーヌ嬢達が学園に入学してきた。しばらくしたら王太子がリサ・ルジア嬢の尻を追いかけ出して、レーヌ嬢との仲は悪いほうへ進む。入学から半年後には、二人の仲は冷え切っていた。これはもう、いずれ婚約破棄するだろう、って皆が考えるくらいに」

そしてそんな中、フリオは一度だけレーヌとルイスが一緒にいる場面を見たのだそうだ。

「あの野郎はともかく、レーヌ嬢は本気に見えたな」

レーヌはルイスを手に入れようと動いているのだと感じたという。

「それならあんなの、欲しいという奴にくれてやれ、と思ったんだ」

フリオはベルクハイツの、アレッタのために動こうとしないルイスに堪忍袋《かんにんぶくろ》の緒が切れたのだ。

「あんな奴に、お前を渡したくなかった……」

小さく、悔しそうに呟《つぶや》く。

「だから、俺は動くことにした」

今まで以上に情報を集め、実家の子飼いの者まで使ったらしい。

「親父《おやじ》は喜んで後押ししてくれたぜ」

その言葉に、アレッタは再び目を剥《む》いた。

ベルクハイツ家とブランドン家は仲が良い。領地が隣同士で、ベルクハイツが倒れればブランドン家も倒れるという、ある意味一蓮托生《いちれんたくしょう》の関係にあることも関係しているが、それ以上にブランドンン家現当主がベルクハイツ家の熱烈なファンであるのが大きかった。

フリオがアレッタの婚約者候補であったのはブランドン家当主の強い後押しもあったのだと推測できる。それがご破算となった時の、当主の落ち込んだ様子を想像するのは容易《たやす》い。

そんな当主に、ルイスの話を持ち込んだのだ。

当主の脳裏に、ルイスに対してうっかりよろしくない計画が思い浮かばなかったとは言い切れないだろう。

「ただ、あのパーティーでのことは予想外だったし、俺のしたことは小細工ばかりだ。俺とお前との距離感をお前の婚約者が決まる前の頃のままに保ったり、あいつがレーヌ嬢に転がり落ちやすいようにしたくらいで」

「そう……」

「まあ、全部の細工が終わる前に、勝手に落ちていきやがったけどな」

皮肉げに嗤《わら》うフリオに、アレッタは困った顔になる。

「……すまない。本当ならお前に、あいつともっと交流を持てって言ってやるのが正解だったんだと思う。けど、俺にはできなかった」

「ああ、うん……。えっと、まあ、他家のことだし、その……、終わったことだし……」

流石《さすが》のアレッタも、ここで「なんで教えてくれなかったのか」などとは言えない。

フリオの言葉が本当なら、本来、彼が婚約者になる予定だったのだ。その努力をしてくれたことが、言葉の端々《はしばし》から分かる。

それだけ自分の時間を使ってくれたのに、御破算《ごはさん》にしてしまった家の人間、しかも婚約者本人である自分に何か言う資格はない。

「それでさ……」

「うん……」

「ベルクハイツ家に、改めて婚約を申し込んだ」

「う……んん⁉」

アレッタは驚き、フリオの顔を凝視《ぎょうし》する。

「ベルクハイツ子爵は前向きに考えてくださるみたいだが、どうなるかは分からねえ。けど、俺はもうお前を諦《あきら》めたくない」

「う……あ……」

フリオの睨《にら》みつけるような真剣な顔に、アレッタは自分の顔が熱くなるのを感じた。

「俺は、お前を手に入れる。だから、覚悟してくれ」

「ひあ……」

フリオが真っ赤になった彼女の手を強引に握り、そのまま歩き出す。

アレッタは始終オロオロとしていたものの、その手を最後まで振り払おうとはしなかった。

＊＊＊

フリオから告白された翌日、アレッタはいつもの朝の鍛錬《たんれん》をしていた。

鍛錬場《たんれんじょう》内にはフリオもおり、時折、視線を感じる。

彼に話しかけるのはどうにも気まずく、どうすればいいのかも分からないため、その視線には応《こた》えず大剣を振った。

そうして鍛錬《たんれん》を終えた彼女は、さっさと着替えに向かう。

シャワーを浴び、髪の毛を乾かしながら呟《つぶや》く。

「フリオに乾かしてもらってたんだよね……」

自分で言ったくせに、己《おのれ》の言葉に真っ赤になる。

本当にフリオに対して警戒心がなく、淑女、いや女としてどうなんだ、という行動だった。

「ホント、私はなんてことを……」

彼女の行動には他意はなかった。しかし、フリオはアレッタに恋心を抱いていたのだ。

それを考えると、いたたまれない。

アレッタは身なりを整えて、更衣室を出る。そのまま教室へ向かおうとしたその時、横から伸びてきた腕に捕まった。

「なっ!?」

「アレッタ」

今までの己《おのれ》の行動を反省していたとはいえ、あってはならない油断だ。

思わず手が出そうになるものの、その腕の持ち主に気づき、慌てて握った拳《こぶし》を緩める。

「フリオ、びっくりするじゃない！」

「ああ、悪い、悪い」

腕の持ち主は、フリオだった。

軽い調子の謝罪に、アレッタは眉間《みけん》に皺《しわ》を寄せる。

「悪かったって」

「本当に、やめてよ？　気配まで消してたでしょう」

少し怒ってみせると、フリオは情けない顔で謝る。アレッタは矛《ほこ》を収め、一つ溜息《ためいき》をついた。

「それで、何か用？」

「ああ、用ってほどじゃないんだが……」

そこで、フリオはアレッタの髪を見て苦笑する。

「生乾きじゃねぇか」

「うっ……」

自分で髪を乾かしてみたものの、動揺のあまりうまくできなかったのである。

視線を泳がせるアレッタに、何かを察したらしい彼が笑う。

「くっ、ふふ……。お前、相変わらず細かい調整が苦手なんだな」

「ぐぬぅ……」

動揺すると、とまでは言わなかったのは彼の優しさなのだろうが、笑っている時点であまり意味がない。

悔しさと恥ずかしさで頬を染めているアレッタに、フリオは仕方ないなぁ、とでも言うかのように告げた。

「ほら、乾かしてやるから、頭をこっちに向けろ」

「え、いいよ、別に……」

彼を意識した今では流石《さすが》に恥ずかしくて遠慮するアレッタだったが、次の言葉で、その遠慮を吹き飛ばされる。

「女の濡れ髪ってのは、色っぽいんだよ。生乾きでも、相当だぜ。惚《ほ》れた女のそんな姿、他の男に見せられるわけないだろう?」

甘さを多分に含んだその言葉に、アレッタはさらに真っ赤になり、大いに悩んだ後、沸騰《ふっとう》した頭を大人しく差し出したのだった。

第四章

　さて、話は少し前に戻る。ベルクハイツ子爵アウグスト・ベルクハイツは、目の前に座る親子、特に息子のほうを見て、盛大な溜息《ためいき》をついた。

「君は、随分《ずいぶん》と怖い男だったのだな」

　万感の意をこめたその言葉に、目の前の男、フリオ・ブランドンはイイ笑みを見せる。

　フリオの隣に座る彼の父、ブランドン伯爵は誇らしいやら申し訳ないやら、けれどまぎれもなく喜んでいて、酷《ひど》く妙な顔付きになっていた。それに気づいたものの全てベルクハイツ家への好意故《ゆえ》なので、アウグストは見て見ぬふりをする。

　フリオはかなり前からルイスを追い落とす工作をしていたようだ。

　それはルイス自らの愚行により必要なくなっているが、それ以外のフリオが裏から手をまわしていた事柄が動き出していた。

　その一つが、マデリーンとグレゴリーの婚約である。

　フリオはルイスを追い落とした後にもベルクハイツ家と中央の貴族との繋がりを残すべきと、婚約者との仲が冷え始めた王族の血を引くマデリーンに目を付けていたのだ。

　そして、アルベロッソ公爵にシルヴァンとの婚約を解消し、グレゴリーをマデリーンの婚約者に据《す》えるよう吹き込んでいたのだ。

事《こと》は彼の思惑《おもわく》通り進み、マデリーンとグレゴリーが婚約してベルクハイツと中央貴族との繋がりは残った。

あとは、宙に浮いたアレッタの婚約者の座である。

フリオがアウグストを真っ直ぐ見つめ、言う。

「――ですが子爵、元々アイツは俺のモノで、俺はアイツのモノになるはずだったんです。全部、元に戻っただけですよ」

そうでしょう？

そう言って、悪戯《いたずら》が成功した悪ガキのように笑う彼の瞳の奥に、強い執着《しゅうちゃく》の炎が燃えているのを見て、アウグストは眉間《みけん》に皺《しわ》を寄せる。

「取りあえず、貴方方の気持ちは分かった。十分に考慮させてもらう。しかし、今は時期尚早だ。しばらく待っていただくことになるが、構わないだろうか？」

ブランドン親子は笑顔でそれに頷《うなず》いた。

＊＊＊

フリオ・ブランドンは、『深魔《しんま》の森』を有するベルクハイツ領の隣の領を治めるブランドン伯爵家の三男坊である。

幼少の頃からベルクハイツ領がいかに重要で、また、その当主がいかに偉大な人物かを耳に胼胝《たこ》ができるのではないかというほど聞かされて育ってきた。

そんな彼が初めてベルクハイツ領へ行ったのは、十歳の頃だ。

ベルクハイツの次期領主、アレッタ・ベルクハイツとの婚約の話が持ち上がったためである。

当時十歳のフリオには受け入れがたかったが、貴族の子弟であるが故《ゆえ》に黙って従う。しかし蓋《ふた》を開けてみればすぐに婚約、というわけではなかった。

それは、アレッタがベルクハイツ家始まって以来、初めて生まれた女の子であり、さらには初めて領主が女性となるせいで、慎重に決めたいという親心からだ。

なんとフリオ以外にも婚約者候補は二人いた。

その時、フリオを含めた婚約者候補三人は戸惑《とまど》いも露《あら》わに顔を見合わせたものだ。

しかし、フリオの父は熱烈なベルクハイツ家のファンであり、気合の入れ方が他の二家と違う。張り切ってベルクハイツ家の婿《むこ》に相応《ふさわ》しい男にせんと息子を鍛《きた》え上げ、しょっちゅうベルクハイツ領へ送り込んだ。

そんなことをされていたので、年の近いアレッタと自然に話すようになり、仲が良くなる。気づけばフリオはライバルと言うべき他の婚約者候補より頭一つ分はリードしていた。

そんなある日のことである。

フリオはベルクハイツ夫人に連れられて、特別鍛錬場《たんれんじょう》へ向かった。

そこはベルクハイツ家直系の者か、ベルクハイツ子爵もしくはその夫人の許可を得た者しか入れない特別な場所だ。

そこですさまじい光景を見た彼は絶句する。

「立て、アレッタ！　そのようなことで魔物が殺せるか!?」

「……っ、は……い……、ち、ちう、え……」

ボロボロのアレッタがいた。

瞼《まぶた》は腫《は》れ上がり、頬の大きな切り傷から血が流れている。吐き捨てられたものは唾《つば》ではなく、血の塊《かたまり》だ。

彼女は剣を振り上げベルクハイツ子爵に斬《き》りかかるが、子爵はそれを難なく避け、小さいアレッタを打ち、最後に吹き飛ばす。

フリオは思わず駆け寄ろうとしたのだが、それを夫人に止められた。

なぜ止めるのかと抗議しようとして、夫人の目を見てやめる。

彼女の目は、怒りに燃えていたのだ。

「私、この国が大嫌いなの」

「え……？」

唐突な言葉に彼は戸惑《とまど》い、夫人を見つめた。

「私の愛する旦那様を死地に縛りつけ、愛する子供達に死んでも国を守れ、守り続けろと言うこの国が大嫌いよ」

傾国とまで謳《うた》われた彼女の美しい顔《かんばせ》を、怒りの炎が彩《いろど》り、なお秀麗に燃え上がらせる。

「アレッタは旦那様の力を濃く受け継ぎ、次代の当主にならなくてはいけなくなった。女の子なのに、あんな地獄のような訓練を毎日受けて……。それでも、この国を守るために当然で、必要なことだと心底思っているのよ」

「……っ」

夫人の声色には、悲しみと、悔しさが混じっていた。

「ベルクハイツだから大丈夫？　そんなわけないじゃない。旦那様達はいつだって死なないため、死なせないための努力をしているのよ」

そして、夫人の燃える瞳がフリオを貫《つらぬ》く。

「本来、旦那様達は魔獣の相手で手一杯なの。他家との交流だとか商談や領地の経営なんて、している暇はない。だって、ここは最低でも月に一度は魔物の氾濫《スタンピード》が起こる永遠の戦場なのよ」

彼女は、教えようとしているのだ。ベルクハイツ家当主の伴侶に何が求められているのか。

「ベルクハイツの伴侶の仕事は、主の手を煩《わずら》わせないこと。戦場に立つ伴侶を、一つの憂《うれ》いもなく戦いに専念させること。一つの綻《ほころ》びが、大切な人の命を奪う切っ掛けになるのだから」

そう言うと夫人は鍛錬場《たんれんじょう》に視線を戻し、フリオもまた黙ってそこに目を向けた。

ちょうどアレッタが崩れ落ち、急いで数名の治癒師が駆け寄っている。治癒魔法によって彼女の傷が塞《ふさ》がれていった。

治療が終わったアレッタを子爵が大切な宝物のようにそっと抱き上げ、気絶した娘を起こすまいとゆっくりと鍛錬場《たんれんじょう》を出ていく。

フリオは、その様子をずっと見ていた。

その光景は彼の心に焼き付き、忘れられない、忘れることのできないものとなったのだ。

月日が過ぎ、アレッタとの距離はとても近くなる。

彼女は彼に甘え、フリオもまんざらではない。

この頃には既《すで》に他の婚約者候補は脱落し、フリオが婚約者になるのはほぼ確定していた。

もっともそのことは、未だにアレッタには伏せられている。どうやらベルクハイツ夫人の判断であるらしいのだが、どうしてなのかは当時のフリオには分からなかった。

それでも、あの特別鍛錬場《たんれんじょう》の光景を見て以来、彼は変わった。

ベルクハイツ家の婿《むこ》に相応《ふさわ》しくあるため、必要と思われる様々な分野に手を出し、学んだ。

そんな彼の努力を見たベルクハイツ子爵の感触は悪くないのに、夫人は「まだ足りない」と婚約の許可が下りなかった。

そんな時だ。ベルクハイツ家の国への貢献が認められ、次代での陞爵《しょうしゃく》が決まったのは。

子爵は女領主となるアレッタを心配していたため、箔《はく》が付くと喜んだ。フリオもまたお祝いの言葉を贈ったが、まさかそこに大きな落とし穴が待っているとは思いもしなかった。

「――アレッタが、婚約？」

父に告げられた言葉に、彼は呆然とする。

そのアレッタの婚約は、これを機に中央の貴族とより深く強く結びつくためのものだという。

相手の男は宰相と騎士団長のお墨付きで侯爵家の次男坊。条件も悪くなく、断る理由がなかった。

「……ざけるな」

黒い炎が胸を焼く。

「ふざけるな！」

ぽっと出の男にアレッタをやる？

ボロボロになって、転がされて、けれども立ち上がって戦場へ向かう彼女を、誰とも知れぬ男にやるというのか！

何より、何より——

「あれは、俺の女だ！」

黒い炎、それは、執着《しゅうちゃく》の炎だ。

フリオは知らなかった。自分が、これ程までにアレッタに惚《ほ》れていたことなど。

けれどもそんな彼をあざ笑うかのように、アレッタと件《くだん》の男との婚約は成立する。

子爵はすまない、と青二才のフリオに直々《じきじき》に頭を下げ、夫人は静かな瞳で彼を見つめていた。

フリオは、夫人の考えを理解できなかった。彼女がなぜアレッタとの婚約を「まだ足りない」と許可しなかったのかを。

それが分かったのは、アレッタを諦《あきら》めきれずルイスを調べ上げていた時だ。

「はっ……、ああ、なるほど……」

フリオは、ようやく気が付く。

ベルクハイツ夫人は、こう言っているのだ。

小さな油断が全てを失う隙になる。伴侶を守り通すには、それは許されないのだ、と。

あの時の自分の覚悟は甘かった。油断していたのだ。他の婚約者候補は敵ではなく、横からかっ攫《さら》う人間などいないと思っていた。

しかし、今はどうだ。

見事にアレッタを奪われた。

「夫人に鼻で嗤《わら》われそうだ……」

フリオは髪をかき回し、溜息《ためいき》をつく。

けれど、ルイスの調査結果から幾《いく》つかのことにも気づいた。

一つ目は、ルイスの好みからアレッタが外《はず》れているということ。

あの男は、典型的なロマンチストで、自分より弱く儚《はかな》いオヒメサマが好きなのだ。およそ、アレッタは当てはまらない。

二つ目は、ルイスは程々《ほどほど》に優秀で無害ではあるものの、ベルクハイツの婿《むこ》になったらたちまち有害になるだろうこと。

かつて、夫人がフリオに語ったことは一応はできそうだが、伴侶を失わないために死力を尽くすことはしないと断言できた。なぜなら、相手に心底惚《ほ》れ込む情がない。

そして、三つ目。

国がベルクハイツの手綱《たづな》を取りたがり、ベルクハイツの力を少し削《そ》ごうとしていること。

「馬鹿じゃねぇの……」

この婚約は、ベルクハイツ家と中央の繋がりを強める一方、ベルクハイツ家を支える伴侶の手綱《たづな》を握ろうとする陰謀がある。

しかし、王家も中央貴族もきっと気づいてはいまい。この仕掛けが成功すれば、たちまち自分達の首が絞まることに。

それにそんなこと、あのベルクハイツ夫人が許すわけがない。

「と、すると、これは俺への試験でもあるわけか……」

欲しければ、自分の手で取り戻せ。

国を相手に、そうと知られず動け。

夫人はそう言っているのだ。

「やってやろうじゃねぇか……」

フリオの瞳に炎が宿る。

国が仕掛けた陰謀を、密《ひそ》かにぶっ潰《つぶ》すために。

時に、悪魔より狡猾《こうかつ》と呼ばれるベルクハイツ家当主の伴侶に名を連《つら》ねるべく、こうして彼は動き出したのだった。

第五章

王宮の奥にある執務室で、ウィンウッド国王メイナード・ウィンウッドは書類をさばいていた。

先頃あった一人息子のしでかした事件に頭を抱え、さらにその婚約者がやらかしていることに胃を悪くしたメイナードの顔色は悪い。

青褪《あおざ》めた顔で書類に目を通すその姿には、問題が起きる前の覇気《はき》はなく、窶《やつ》れて見えた。

側近は時折心配そうな目で彼を見るが、何も言わない。側近にできることは、少しでも王を休ませるために仕事の補佐をするのみである。

そうして王が黙々と仕事をしていると、侍従が執務室に入ってきた。そして、何事か耳打ちする。

その報《しら》せにメイナードは安堵《あんど》の息を吐き、侍従に頷《うなず》いた。

「兄上！」

「ああ、レオン。久しぶりだな」

部屋に入って来たのは綺麗な金髪を長く伸ばし青い瞳を持つ、どことなくメイナードに似た、若く美しい男だ。

男の容姿が王に似ているのも当然で、男はメイナードの弟、つまり、王弟であった。

王弟レオン・ウィンウッドは長く国外にいたため、二人は久しぶりの再会となる。彼らは軽いハグをして喜んだ。

「兄上、何やら大変なことになっていると聞いたんだが」

「ああ。すまない、どうも子育てに失敗してな……」

苦く、悲しげに言うメイナードに、本格的に参っていることを察し、レオンは場所を変えようと提案する。

隣の応接室に移り、顔色の悪い兄にソファをすすめた。

そして、メイナードが座り大きく息を吐いたのを確認して、自分もその向かいの席に腰を下ろす。

侍女に飲み物を持って来るように命じ、用件を切り出した。

「兄上、大体の事情は聞いたんだが、国外にいたせいで全てを把握しきれていないんだ。最初から事情を説明してほしい」

「ああ。そうだな……」

そう言ったメイナードは、背後に控えていた側近を呼んで事情を説明するように命じる。

そうして側近がこの騒動の発端、連鎖して起きた問題を話す。話が進むにつれ、レオンの顔がだんだんと歪《ゆが》んでいった。

「なんだ、それは。王太子殿下は一体何を考えている？　レーヌ嬢もレーヌ嬢だ。なぜ、ベルクハイツの婚約者の手を取るんだ。いや、それ以前に、そのルイス・ノルトラートの行動が理解できない」

頭を抱えるレオンに、メイナードが疲れた表情で頷《うなず》く。

「あの有様《ありさま》では、とてもではないが王の座を継がせるわけにはいかぬ。よって、アランを廃嫡《はいちゃく》し、幽閉することとなった」

「そうだったのか……」

温度を感じさせない声だったが、王の瞳には悲しみが滲《にじ》んでいた。レオンはそれに気づかなかった振りをする。

「私にはアラン以外に子がいない。よって、次の王はお前になる。今後は次期国王として自覚を持ち、よく努めるように」

「かしこまりました」

メイナードの言葉に、立ち上がったレオンが右手を心臓に当てて腰を折り、了承の意を返した。

「……苦労をかける」

「まあ、家族なので」

二人はよく似た疲れた表情で笑い合う。

そんな二人の遣り取りを、置物のように佇《たたず》む護衛騎士の一人がじっと見ていた。護衛騎士はそれを余《あま》すところなく記憶し、交代の時間に自室に戻ると、机でペンを走らせる。

端的に要点をまとめたそれは、報告書だ。

報告書は机の引き出しの二重底の下に仕舞われる。そして翌日掃除に来たメイドによって回収され、秘密裏に彼らの主人のもとへ運ばれた。

そうして届けられた報告書を読んだ彼らの主人の赤い唇が弧を描く。

「ふふ。陛下もボウヤも大変ねぇ」

そう呟《つぶや》いて、赤い唇の美しい女は報告書を火のついた暖炉に放り込んだ。

「ちょっと虐《いじ》めちゃおうと思ったんだけど、やめておいてあげましょう」

これ以上追い詰《つ》めたら潰《つぶ》れそうだもの、と悪魔みたいに美しい微笑《ほほえ》みを浮かべた女——オリアナ・ベルクハイツ子爵夫人は次の仕事に向かうべく部屋を出た。

＊＊＊

赤茶けた大地を一本角《いっぽんづの》を持つ飢えた狼《おおかみ》の群れが走っていた。

この先に餌《えさ》がいる。飢えを満たすために、本能のまま走る。

群れが向かう先には、町があった。住人が三千人を超す、大きな町だ。群れがその町に辿《たど》り着けば、目を覆《おお》う惨劇が起きる。

しかし、その惨劇は起こらない。飢えを満たすことなく、群れが殲滅《せんめつ》されるからである。

「ふはははは！　今日は狼《おおかみ》か！」

「今回も小規模ですね。間引いておいて良かったです、ゲイル兄上」

「ああ。やはり日頃から気をつけていたほうが後が楽だな」

「バーナード兄上。前回みたいに突出しないでくれよ。前は兄上の隊が引き離されすぎて、結局俺が面倒を見ることになったんだからな」

「む、すまない！　気をつけよう！」

狼《おおかみ》の群れの前に立ちはだかるのは、四人の若者である。皆似通った容姿をしており、血の繋がりを感じさせた。

彼らは若いながらも覇者《はしゃ》の風格を纏《まと》い、只者《ただもの》ではないことを周囲に知らしめている。

その四人の若者に付き従うのは、十二人の兵士で組まれた四つの隊である。

「ゲイル様！　一本角《いっぽんづの》が境界線を越えました！」

「ふむ、そろそろ頃合いか。よし、全員抜刀！」

ゲイルと呼ばれた若者の号令に、他の三人が背負っていた大剣や戦斧《せんぷ》を引き抜き、構える。

「隊員、構え！」

付き従う兵達は槍《やり》を構えた。

「突撃！」

「ふはははははははは!!」

「だから、突出するなと言っているのに！」

号令と共に一人が爆速で飛び出し、その後を文句を言いつつ一人が追いかける。

その後に、仕方ないなぁと言わんばかりの表情で、二人が率《ひき》いている兵達が続いた。

彼らの後ろ姿を呆《あき》れた表情で残りの二人が見送り、顔を見合わせて肩をすくめる。そして予定の配置につくため、それぞれが走り出した。

ここ、ベルクハイツ領では、魔物が日常的に『深魔《しんま》の森』と呼ばれる発生地から溢《あふ》れてくる。

少ない時は月に一度、多い時には数日おきにだ。それ故《ゆえ》、この地を『永遠の戦場』と表現する人もいた。

普通ならば、そんな土地に町を作ればすぐに魔物の波に呑み込まれ、壊滅してしまう。しかし、ここには普通ではない存在がいた。

この地を治める領主一家である。

——ドッゴォォォォォ！

遠方で爆音と共に土煙が上がり、数匹の狼型《おおかみがた》の魔物が同時に空へ打ち上げられた。

「流石《さすが》は、バーナード様。豪快だな」

——ズガァァァァァン！

「いやいや、うちのグレゴリー様も凄《すご》いぞ！」

「公爵家のお姫様が嫁さんになるってんで、ちょっとそわそわしてるんだよな！」

「張り切ってるよな！」

兵達は誰も彼もが勇ましい面構えをしており、凶悪な笑顔で打ち漏らされた魔物を屠《ほふ》っていく。

彼らが付き従う各隊の隊長こそが、その領主の一族だ。

現在の領主一家は、祖父母、当主夫妻、そして、五人の子供達で構成されている。

一番下の娘は王都の学園に入学し不在であるが、彼女もまたベルクハイツの子らしく、素晴らしく腕っぷしが強い。

そんな一族の頭たる当主もまた、現在、領を不在にしていた。

娘の婚約者だった男が阿呆《あほう》にも喧嘩《けんか》を売ってきたため、その男を張っ倒すべく直々《じきじき》に王都へ行っているのだ。

きっとボコボコにされるんだろうなという兵達の予想を裏切り、件《くだん》の男は既《すで》にボコボコにされていたせいで、代わりにベルクハイツ流に染めろとお持ち帰りすることになっている。

さて、今、領地に残って戦場を駆けるベルクハイツ家の人間は、当主の四人の息子達である。

長男のゲイルは外見も性格も当主によく似ており、多くの人間に慕われていた。

次男のバーナードは明るい人柄で、よく言えば無邪気、悪く言えば脳筋である。

三男のディランは母親に似て聡明だが、少々腹黒い。他の兄弟より色気があり、彼の去った後に時折腰が砕けた女が発見されることで有名だ。

四男のグレゴリーは実直な性格で、誰かのフォローに回ることが多い。まさか自分が公爵家のお姫様と婚約することになるとは夢にも思っていなかったため、必死になってマナーの見直しをしているところである。

その四人が、現在のベルクハイツ領の守りの要《かなめ》だ。

そんな彼らが守る町の城壁に、二つの人影があった。

「おお！　あ奴らも腕を上げたのう！」

「そうですわね。あら、また魔物を打ち上げましたわ。あれはバーナードかしら？」

一人は老人だが、老いてもなお只者《ただもの》ではない風格をしており、言うなれば老いた覇王《はおう》と言ったところである。

もう一人は、妖艶《ようえん》な女だった。若くはないが、年齢を特定できない美貌《びぼう》の持ち主で、周りの男達がソワソワしている。

「あら、お義父《とう》様。大きな鳥が出てきましたわ」

「む、どこだ」

オペラグラスで戦場の様子を見守っていた女が空を指さし、老爺《ろうや》に告げた。

老爺《ろうや》は女が指さした先を見て、眉間《みけん》に皺《しわ》を寄せる。

「ふーむ。飛行型とは珍しい。よし、魔法兵！　火炎弾準備！　弓兵、次に備《そな》えよ！　誰か、儂《わし》の弓を持てい！」

その指示に兵達が動き出し、とても一人では引けないほどの強弓《ごうきゅう》を老爺《ろうや》に差し出した。

鷹《たか》に似た大型の魔物の集団が肉眼ではっきりと確認できるようになり、老爺《ろうや》の指示が飛ぶ。

「魔法兵、構え！　――火炎弾、撃てい！」

号令と共に、魔法兵の杖先《つえさき》に炎の球が出現し、飛行型の魔物へ撃ち放たれた。

――ドドドォオォ……ン。

火炎弾による直撃とその余波で魔物が大地に落ちていく中、それを免《まぬが》れた魔物がスピードを上げ老爺《ろうや》に向かってくる。

「弓兵、構え！　撃てい！」

今度は弓が放たれ、魔物達が撃ち落とされた。しかし、それでも撃ちもらされた魔物が飛んでくる。

老爺《ろうや》は強弓《ごうきゅう》を構え、弦を引く。

そして、それは放たれた。

――ズバン！

一矢が魔物の頭に命中する。その威力たるや、当たった衝撃だけで首の骨を折るほどだ。

「さすが、先代様……」

誰かの呟《つぶや》きに、周りの者達もうんうん、と頷《うなず》く。

この老爺《ろうや》こそ、ベルクハイツ子爵家の先代当主、アレクサンダー・ベルクハイツであり、息子に当主の座を譲った後も、老いてなお戦場に出る強者《つわもの》である。

そして彼の側に佇《たたず》む美女は、今代当主の妻であるオリアナ・ベルクハイツであった。

さて、撃ち落とされる魔物の様子を見守っているうちに、戦況に少し変化が出る。

「あら、なんて馬鹿なのかしら」

オリアナの呆《あき》れた声が上がった。

なんと、地上から狼型《おおかみがた》の魔物が打ち上げられて飛行型の魔物にぶつかり、その魔物が墜《お》ちたのである。

「あんなことをするのはバーナードね」

オリアナの言葉に、アレクサンダーが苦笑する。

そして、再び地上から魔物が打ち上げられた。

「まあ、そうじゃの。あ、いや、今打ち上げたのはディランじゃな」

「まあ！　あの子まで！」

最近ベルクハイツ家は、末子の婚約者に馬鹿なことをされたり、四男に公爵家のお姫様の婚約者ができたりと落ち着きがない。

そのストレスを戦場で発散させているようだ。

打ち上げられ、撃ち落とされる、を繰り返す戦場の様子を見守りつつ、アレクサンダーがオリアナに尋ねた。

「ところで、オリアナ。そなたは、アルベロッソ公爵令嬢の出迎え準備をせんで良いのか？」

「大丈夫ですわ。私がすべきことは全て終わらせました。後は、お義母様《かあ》が珍しく張り切ってらしたので、お任せしてきましたの」

「ああ、そういえばポーリーンが、気が合いそうと機嫌良くしておったのう」

「あら、そうでしたの？　でしたら、楽しみですわね。きっと私とも気が合いますもの」

ポーリーンとは、アレクサンダーの妻であり、先代当主夫人である。容姿こそ平凡で、常に穏やかな微笑《ほほえ》みを浮かべている老婦人であるが、その腹は黒い。王家の人間にも恐れられるオリアナですらまだ敵《かな》わないと言っていることから、その腹の黒さはお察しである。

「ふむ。戦況は決したな。よし、魔物の素材回収班は門前に集結！　魔物の殲滅《せんめつ》を確認後、速《すみ》やかに出動せよ！」

アレクサンダーの指示に、兵達が走り出す。

「ふー……。アレッタの次の婚約者はどうするかのう……」

「フリオ殿が良いでしょう」

大きく息を吐いて呟《つぶや》いたアレクサンダーに、オリアナは冷静に答えた。

「ふむ、フリオ殿か。まあ、見どころのある小僧だったが、こちらが断ってしまったじゃろう？　受けてくれるのか？」

「受けますわね。と、いいますか、あちらはそのつもりで動いてますもの」

アレクサンダーは片眉を上げて、どういうことか尋ねる。

オリアナは面白そうに笑ってみせた。

「当然のことです。だってあの子、アレッタに惚《ほ》れていますもの！」

アレクサンダーは目を丸くし、その後、爆笑する。

「ふ、ふはは！　そうか！　惚《ほ》れておるのか！」

「ええ、ベタ惚《ぼ》れですわね。それに、ベルクハイツの婿《むこ》として良い具合に育っておりますし、根性もありますのよ。鍛《きた》えがいのある子ですわ」

にぃ、と嗤《わら》うオリアナに、アレクサンダーはさらに笑う。

「良いな！　それは良い！　そなたがそう言うのなら、間違いはないな！」

周囲に、アレクサンダーの笑い声が響き渡った。

「そういえば、中央の様子はどうなっておるのかの？」

「ああ、そういえば王弟殿下がお帰りになったそうですわ」

「ほう！　それは国王陛下も心強かろうな！」

快活に笑うアレクサンダーに、オリアナはにっこりと微笑《ほほえ》む。

「あのボウヤも諸国を回って随分《ずいぶん》見分を広めたことと思います。国王には打って付けの人材に育っているのではないでしょうか」

そう言いながら、彼女は自分の長男ゲイルと同い年の王弟を思い出した。

王弟レオンは、なかなか頭の回転の速い優秀な人物だ。それこそ、アラン王子が誕生した後でも、次期国王に推す一派がいたくらいには……

実のところ、アレッタの婚約者にとルイスを最初に推したのは、宰相でも騎士団長でもなく、レオンだった。

選んだ理由は、ルイスが毒にも薬にもならない男だったからである。

レオンは、王家がベルクハイツの手綱《たづな》を取れていないことに不安を覚えていた。それ故《ゆえ》、ベルクハイツ領を内部から操ろうと、それなりにできるがそれ以上ではないルイスを選んだのだ。

「遠い地から、わざわざご苦労なことでしたわね」

異国の地から差配した手腕はなかなかのものだったが、結局は思わぬところで失敗し、オリアナに娘婿《むすめむこ》のテストとして利用されていた。

そんな会話の後しばらくして戦闘終了の合図の信号弾が上がり、その日の戦闘は終了する。

その三日後。

ブランドン家が当主アウグストに、フリオとアレッタの婚約を正式に申し込んだという知らせがベルクハイツ領にもたらされたのだった。

＊＊＊

ブランドン家からの婚約申し込みの知らせに、当主と末っ子を除いたベルクハイツ家の面々が屋敷に集まった。

一同を見渡し、オリアナが口を開く。

「旦那様がお帰りになる前に決をとっておこうと思うのだけど、アレッタの次の婚約者がフリオ殿になることに不満がある者はいるかしら？」

否《いな》を唱える者はいない。

「私は今のフリオ殿なら良いと思うわ。アレッタの婿《むこ》になるためにとても頑張ってくれていたし、これからも頑張り続けてくれると思うもの」

ポーリーンの言葉に、オリアナは同意を示す。

「そうですわね。きちんと危機感を覚えた今なら問題ありませんわ」

にっこり微笑《ほほえ》み合うポーリーンとオリアナに、バーナードは不思議そうに首を傾《かし》げ、他の男達は領の内政を支える女達の意見に肩をすくめて笑う。

「母上達が認めるのなら何も問題ないな」

「そうですね。そもそも、彼でほぼ決まりだったわけですし」

ゲイルとディランが頷《うなず》き合う横で、バーナードが尋ねた。

「なあ、危機感、ってなんのことだ？」

「自分の女を他に取られるかもしれない危機感だ。父上は、いつも母上を狙う男共に目を光らせているだろ？」

その問いに答えたグレゴリーは、話は終わったとばかりにゴソゴソとマナーブックを取り出して読み始める。

「なんと！　フリオはその危機感を持ってなかったのか⁉　それは、男として大丈夫なのか？」

「今は大丈夫よ。実際奪われて、懲《こ》りたでしょうしね」

面と向かって言われたら胸を突き刺されるだろう言葉を放つバーナードとオリアナに、アレクサンダーが苦笑した。

「まあ、我が家のように夫婦が執着《しゅうちゃく》し合うほうが貴族の家としては珍しいんだがな」

「そうですわねぇ。けど、ベルクハイツ家に入るのなら、心底相手に惚《ほ》れ抜いて、何があろうと乗り越える気概のある者でなくては駄目になってしまいますわ」

そのポーリーンのセリフ通り、ベルクハイツ家の環境は過酷だ。伴侶は戦場にしょっちゅう駆り出され、血まみれになり、時には大怪我をして帰ってくる。

それを見て精神がやられるような繊細《せんさい》な人間では、伴侶に相応《ふさわ》しくない。むしろ自らが伴侶を必ず支えるのだと燃え上がる、根性のある者でなくてはならなかった。

「マデリーン殿は大丈夫だろうか……」

今回、政略結婚が決まったグレゴリーがマナーブックから目を上げ、心配そうに呟《つぶや》く。

「マデリーン嬢は貴族として理想的な淑女よ。そして、とてもプライドが高いの。与えられた課題には、求められたレベル以上の成果を上げる女性らしいわ」

オリアナはそう言い、実にイイ笑みを浮かべた。

「自分で自分を鍛《きた》え上げられるタイプよ、きっと」

母のその笑顔を見て何か黒いモノを感じたグレゴリーは、自分がマデリーンを守らねばと決意を固める。

その決意からくる不器用な行動が、後にマデリーンをとんだトキメキの沼に引きずり込むなど、思いもしない。

「ふふ。後は、フリオ殿がアレッタを落とすだけねぇ」

ベルクハイツ家の美しき女傑は、そう言って微笑《ほほえ》んだのだった。

第六章

突然だが、今回の冤罪断罪劇に関わった残念な子息の紹介をしよう。

一人は、言わずと知れた王太子——否《いな》、元王太子、アラン・ウィンウッドだ。

彼の性格は一言で言うなら、『俺様』である。世界は自分を中心に動いていると思っているフシがあり、今回、それによる油断が最悪の結果をもたらした。廃嫡《はいちゃく》のうえ、幽閉が決まったのだ。

そして二人目は、次期宰相と目されていた宰相の息子、シルヴァン・サニエリク。

彼はマデリーンが認めるほどの努力家だったが、リサに会って堕落《だらく》した。その結果が、次期当主の座から外され、家での再教育である。

今後の人生は、彼がどれだけ反省し努力するかで変わるだろう。

三人目は、騎士団長の息子、ジョナサン・バナマン。熱血漢で、剣の腕は一流。しかし、少々脳筋気味で、考えが足りない少年だ。

元々正義感の強い男が、なぜあんなことに加担したかと言うと、遠慮するリサのため、らしい。

そんなあまりにも考え足らずである面が今回の件で露呈《ろてい》し、絶対に組織の上に立たせてはいけない人間であると各方面に強く印象付けた。

四人目は、魔術師団長の息子、フィル・クーガンである。彼は十四歳だが、現在、学園の二年生に在籍していた。優秀な人材であったため、飛び級したのだ。

小柄で可愛らしい容姿をしているフィルは、他の追随《ついずい》を許さぬくらいの魔術の才能の持ち主だが、その思考は幼く、基本的に我儘《わがまま》である。

今回はもともと嫌いだったレーヌを排除してやろうという至極単純な思考からこんな大問題を引き起こし、親兄弟に泣かれて現在は家に留置されている。

五人目は、ウィンウッド王国で一、二を争う大商会の次男坊である、ロブ・ダウソンだ。

彼は己《おのれ》の顔を武器に女性の間を渡り歩く商人でもある。軽い男に見えるが、その実、引き際をわきまえている男だ。

女性の心を操《くすぐ》る術《すべ》を心得ているはずが、今回リサに本気の恋をし、自分の手管《てくだ》が通じないことに焦《あせ》って、馬鹿な事態を引き起こした。

彼は家から放逐《ほうちく》され、全てを失っている。これからは裸一貫で生きていかねばならない。

以上が、今回の問題児五人衆だ。

アレッタとしては、この先関わりのない人達、というカテゴリーに入っているのだが、フリオの情報により、そうも言っていられなくなった。

「アレッタ、ベルクハイツ夫人がジョナサン・バナマンとフィル・クーガンを欲しがっているらしいと聞いたんだが、子爵から何か聞いてないか?」

「は?」

思わぬ情報を前に、彼女は一瞬呆《ほう》けた。

告白以来、フリオと一緒に過ごすようになっている。

アレッタとしては恥ずかしくてたまらなくて避けたいのだが、彼が逃がしてくれないのだ。

そのフリオは、現在アレッタの指先をテーブルの上で軽く握っていた。

振り払おうと思えば簡単にできるが、なぜかそれを惜しいと思う自分がいて、アレッタはそれも恥ずかしくてたまらない。

そして振り払えない自分を嬉しそうに見るフリオが、実に憎たらしいと思っていた。

さて、話を戻そう。

アレッタの母であるオリアナが騎士団長の息子と魔術師団長の息子を欲しがっている理由は、十中八九戦力強化のためだ。

あんぽんたんなことをやらかしたものの、彼らの剣と魔術の腕前は確か。それを腐らせるくらいなら、我が領で有効活用したいと考えていそうである。

「あー、うん。バナマン様はディラン兄様、クーガン様はバーナード兄様の下につければ、どうとでもなりそうかも……」

脳筋騎士《ジョナサン・バナマン》の上に腹黒《ディラン》がいれば、あの短慮な正義漢が暴走する前に精神的にも物理的にも沈められるに違いない。

そして、ベルクハイツ家の脳筋《バーナード》は、魔法を物理的に切り裂き、拳《こぶし》の風圧で散らした実績がある。

きっとお坊ちゃん《フィル・クーガン》はバーナードのペースに振り回され、おかしなことを考える暇もなくベルクハイツに染まるだろう。

「二人共、ベルクハイツ流に染まる未来しか思い浮かばない……」

「そうか……」

今回ベルクハイツ家に借りを作った中央貴族。そして、とんでもない瑕疵《かし》がついて扱いに困る彼らの子息二人を回収するなど、オリアナにとってはあまりにも簡単な仕事だ。

「元は優秀って触れ込みだったわけだし、まあ、お母様が使えると判断したのなら大丈夫。きっと良い戦士になるよ」

「そうだな」

乙女ゲームの攻略対象者の行く末が、劇画世界に決定した瞬間であった。

＊＊＊

オリアナの「脳筋騎士《ジョナサン・バナマン》とお坊ちゃん魔術師《フィル・クーガン》が欲しい」発言から数日後。アレッタは父アウグストと一緒に件《くだん》の二人を連れて王都から近い魔物が出る森に来ていた。

前日に報《しら》せを受けた彼女が邸《やしき》に行ってみれば、青褪《あおざ》めたジョナサンとフィルがいたのである。

なんでも、アウグストはこの二人の実力が知りたいので近場の森へ魔物狩りに行くのだとか。

なるほど、妻のおねだりを叶えるため動いたのですね、と娘は納得し、そして察した。

「私は二人が逃げないように監視する役割ですね、父上」

「そうだ」

戦闘モードに切り替わり武人めいた雰囲気を醸《かも》し出《だ》すアレッタの言葉に、アウグストは頷《うなず》く。

そんな父がなんだかちょっぴりしょんぼりしているように感じたもののその理由が分からず、アレッタは小首を傾《かし》げた。

まさか、戦闘モードの娘に、父上、と呼ばれるのを寂しく思っているせいだとは思いもしない。

そんなベルクハイツ親子の会話を聞き、ジョナサンとフィルは益々《ますます》顔色を悪くする。アレッタが、「大丈夫、生命《いのち》の保証はします」と言うと、世を儚《はかな》む顔になった。

そんな二人を連れて森の中を進む。

「闇雲に進んでいるようだが、大丈夫なのか？」

「さあ？　それより、結構時間が経ったのに、ちっとも魔物に遭遇しませんね」

「そういえば、そうだな。これくらい奥に来たら、下位の魔物に遭遇するもんだが……」

ヒソヒソとジョナサンとフィルが声を潜《ひそ》めて話すのが、耳の良いアレッタには丸聞こえだ。

魔物に遭遇しないのは、アウグストのせいである。

下位の魔物は力は弱いが、気配察知や相手の力量を測るのが上手い。アウグストほどの実力者を相手にしては、よほどのことがなければ襲ってこないのだ。

それにアウグストも最初から下位の魔物など相手にするつもりはない。

なぜなら、ベルクハイツ領で出る魔物の多くは、中より上のクラス。なので、彼が探しているのは、中の中以上の魔物だ。

もし、それをジョナサンとフィルが知っていれば、逃走するためスタートダッシュを決めただろう。中の中クラスの魔物など、学生二人で相手をするには強すぎる。

自分達が歩いているのが地獄への道筋だとは知らぬ二人を連れ、一行はさらに森の奥に歩を進める。

そして、見つけた。

あまりにも大きなそれを。

「ふむ。まさか、王都の近くにこんなモノがいようとは思わなかった」

「そうですね。王都、よく滅びませんでしたね」

「あばばばばばばばば」

「ヒイイイイ……」

黒い鱗《うろこ》がぞろりと光り、巨大な鎌首が此方《こっち》を睥睨《へいげい》する。

――グルル……、ガァァァァァァ!!

それは、魔物の上位種であるブラックドラゴンだった。

「うわぁぁぁぁぁ!?」

「ぴゃぁぁぁぁぁ!?」

逃げ出そうとする二人の襟首《えりくび》を掴み逃走を阻止したアレッタは、アウグストに尋ねる。

「どうしましょう、父上。もし、このブラックドラゴンが昔からこの森にいたのなら、倒してしまえば大きく生態系が変わってしまうかも……」

「ふむ、難しいな……」

マイペースに話し合うベルクハイツ親子を、信じられないものを見る目でジョナサンとフィルが見つめた。

「な、なんでそんなに落ち着いていられるんだ！」

「に、逃げないと!!　逃げようよ!!」

魔物を前に喚《わめ》く二人を、アレッタはキュッとしてしまおうかと一瞬思ったものの、二人はまだベルクハイツ領の人間ではないと心を落ち着かせる。

「すみません、お二人とも、ちょっと黙っていてください。えっと、父上、アレは調教したらどうでしょうか？」

「ふむ？」

「飛竜ではありませんが、アレもドラゴンです。どちらが上か分からせれば従順になる可能性もあるのでは？」

「うむ……。一考の余地はありそうだな」

アウグストは震える少年二人を見遣るが、この有様《ありさま》ではドラゴンの相手をさせるのは無理だと判断し、ブラックドラゴンに向き直った。

「それでは、始めようか」

――ギャ……ウ？

ブラックドラゴンが戸惑《とまど》い怯《おび》えたように見えたのは、きっと気のせいではない。

開幕の一撃は、一瞬だ。

アウグストはその巨体で一体どうやってそのスピードを出すのかと問いたくなるほどの瞬発力で大地を蹴り、ブラックドラゴンの肩を大剣の腹で殴りつける。

――ドゴォ!!

実に痛そうな轟音《ごうおん》と共に、ブラックドラゴンの巨体が浮き、殴り倒された。

唖然《あぜん》とする二人の襟首《えりくび》を離すと、彼らは揃って尻もちをついた。二人を後ろに庇《かば》いつつ、アレッタも背中に背負っていた大剣を引き抜いて構える。

大物の魔物との戦闘は、おこぼれ狙いの魔物を呼ぶことがある。相手がブラックドラゴンともなれば、その気配の揺れは大きく、そうした周囲の魔物に気づかれやすい。

案の定、アレッタ達の周りに魔物が寄ってくる。

――グルル……

「ひっ……」

「な、なんで、二首虎《ふたくびとら》が……!?」

現れたのは、一つの体に二つの首を持つ、大きな虎《とら》の魔物だった。見たところ、中の上程度の力はありそうだ。

のっそりと緩やかな足取りで近づいてくるそれらは、一匹ではない。三匹もの二首虎《ふたくびとら》が森の奥から出てきた。

アレッタはそれから目を離さず、後ろで座り込んでいる二人に告げる。

「二人とも、いつまでそうしているつもりですか？　さっさと立って、構えなさい！」

「えっ」

「そ、そんな……」

ジョナサンとフィルは涙目のなんとも情けない顔になるが、魔物の前で座り込むなど殺してください と言っているようなものだ。二人ともそれなりに武勇で名を上げ戦闘経験もあるので、アレッタの言葉を理解し、震える足を叱咤《しった》し立ち上がった――が、しかし、それはすぐ無駄になった。

――ドゴォォォン!

轟音《ごうおん》と共に、ブラックドラゴンの巨体が飛んできたのだ。

二人は目を限界まで見開き、自分達を圧《お》し潰《つぶ》さんとする巨体を見つめる。

しかし、それに潰《つぶ》されることはなかった。なぜなら――

――ズガァァアン!

「っはー……。父上! 危ないじゃないですか!」

「む、すまん」

アレッタが素早くブラックドラゴンと二人の前に滑り込み、飛んで来たそれを打ち返したのだ。

彼女の苦情に、アウグストが気まずそうに謝る。

「まったく……。バナマン様、クーガン様、大丈夫です……か……?」

一つ息を吐いた彼女は二人の無事を確認しようと振り返り、語尾を萎《しぼ》ませる。

「……えー? ちょっと、まさか、気絶してる……?」

振り返った先には、白目を剥《む》いてひっくり返った残念な美形達がいた。

まさか気絶してしまうとは予想もしていなかったアレッタは、唖然《あぜん》とする。

しかし、魔物を前に残念な男達を悠長に見続けるわけにもいかない。

意識を切り替え、二首虎《ふたくびとら》に向き直る。しかし、そこからすぐに戦闘に突入することはなかった。

二首虎《ふたくびとら》も、アレッタがブラックドラゴンを打ち返したのを見て、戸惑《とまど》っていたのだ。

このまま襲っても良いものか、と足踏みする虎《とら》に、アレッタは改めて大剣を構える。

あちらがこちらを襲おうか悩もうと、こちらがあちらを襲うのを躊躇《ためら》う理由はない。

「良い毛並み。お値段もなかなかのものと見ました」

キラリと光る目は、明確にお小遣いが欲しい、と語っていた。

「二人を庇《かば》いながらというのは面倒だけど、やれないことはないし……」

チラリ、とアレッタは気絶した軟弱者を見る。

「後で根性を叩《たた》き直そう」

実力がどの程度かはかれなかったものの根性が圧倒的に足りないのは分かったので、叩《たた》き直さねば、とアレッタは心に決めた。

魔物の前で度々気絶されても困る。

それは、二人が魔物より恐ろしいベルクハイツ一族直々《じきじき》に訓練をつけられるという、善意の地獄を見ることが決定した瞬間であった。

そんな運命が待ち受けているとは知りもせず気絶する二人の前に立った彼女は、ぐっと足に力をこめ――飛び出す。

とても重量級の大剣を持っているとは思えぬ速さに二首虎《ふたくびとら》は反応しきれず、首を一つ飛ばされる。

残ったもう一つの首は驚きつつも飛びすさり、アレッタと距離を取った。

斬《き》られた首は再び生えてくることはなかったが、その傷口は見る見るうちに血が止まって癒《い》え、ただの傷痕に変化する。

「なるほど。素晴らしい再生力と、頭が二つある利点を正しく使ってる。けど、斬《き》られた首が生えてくることは流石《さすが》にないか……」

一つの首を失った虎《とら》は敵意を燃やしてアレッタを睨《にら》みつけ、怒りの咆哮《ほうこう》を上げた。

――ギャァァァァアウ！

怒りのままに飛びかかってきた一つ首の虎《とら》の爪を大剣で受け止めた――その脇を、もう一匹の二《ふた》首虎《くびとら》が通り過ぎようとする。

狙いは、アレッタの背後の軟弱者達だ。

一つ首にアレッタを任せ獲物を得ようとした二首虎《ふたくびとら》だったが、それはうまくいかなかった。

突然、がくり、と勢いが殺され、尾に激痛が走ったのだ。

虎《とら》が振り返った先にあったのは、片手で大剣を持って一つ首と鍔迫《つばぜ》り合いをし、もう一つの手で自分の尾を持つアレッタの姿だった。

彼女は捕まえた二首虎《ふたくびとら》の尾を持ったまま、それを大きく振りかぶり一つ首に打ち付けるようにぶん回す。

打撃武器となった同胞の体によって横殴りにされた一つ首は大きく吹き飛び、派手な音を立てて木にぶつかって動かなくなった。

打撃武器にされたほうも、白目を剥《む》いて痙攣《けいれん》している。

アレッタは打撃武器の尾を離し、最後の二首虎《ふたくびとら》に目を向けた。

三匹目に、最初に現れた時の獰猛《どうもう》さは既《すで》にない。最早《もはや》、可哀そうなほどに狼狽《うろた》え、撤退の隙を窺《うかが》っている。

しかし、逃亡を許すアレッタではなく……

「逃がすか、私のお小遣い！」

——ギャウウウウウ⁉

哀れ、二首虎《ふたくびとら》は、その二つの首を綺麗に斬《き》り飛ばされ、三匹そろってアレッタのお小遣いとなった。

ちなみに、懐《ふところ》が潤《うるお》うとホクホク顔の彼女の背後で、ほど良くボロボロになったブラックドラゴンが、アウグストに腹を見せて絶対服従のポーズを取っていたのは、まあ、予想通りであった。

＊＊＊

「ブラックドラゴンって、調教できるのね。今回のことで、初めて知ったわ」

「いや、そんなことできるのベルクハイツ家の人間くらいだからな」

森でブラックドラゴンと遭遇した翌日。アレッタはフリオと共にランチを楽しんでいた。アレッ夕の臨時収入のおかげで、ちょっとお高いランチである。

あのブラックドラゴンは、アウグストが大怪我をさせぬよう程々《ほどほど》に加減して相手をした。

アレッタが二首虎《ふたくびとら》の相手をしている傍《かたわ》らで、彼はブラックドラゴンの攻撃を全て躱《かわ》し、叩《たた》き落とし、薙《な》ぎ、打《う》ち据《す》えていた。

そして、ブラックドラゴンは思い知ったのである。目の前の小さな生物は、自分が絶対に敵《かな》わない相手なのだと。

それを悟ったブラックドラゴンは逃走しようとしたのだが、森に潜《ひそ》むならまだしも出ていかれては困るので、アウグストはそれを阻止し、さらに打《う》ち据《す》えた。

そうして、とうとうブラックドラゴンはアウグストに降伏の意を示したのだ。

アウグストに服従したブラックドラゴンには、人間に襲われない限り人間を襲わず、そのまま森の中で今まで通りに暮らすように命じ、国に報告することになった。

お陰様で、現在国の中枢は大騒ぎになっている。

「なんだか、ベルクハイツの仕事が増えそうなのよね。代替わり毎に、あのブラックドラゴンを調教しなきゃいけなくなりそう」

「あー……」

溜息交《ためいきま》じりの言葉に、フリオは遠い目をする。

アレッタは気づいていないが、それはつまり、ベルクハイツにしか操ることができない脅威《きょうい》を王都の近くで飼う、ということである。

この件でベルクハイツの重要度がさらに上がり、より慎重な対応が必要になるのだ。国は胃が痛いに違いない。きっと、近くブラックドラゴンの討伐を国が命じるだろうとフリオは考えていた。

「王弟殿下も、帰って早々これとか、今頃頭を抱えてるんだろうな」

「そうね。ブラックドラゴンがいるなんて、びっくりだもの」

会話に若干のすれ違いを起こしながら、二人は次期国王に同情の意を示す。

「それで、例の二人の実力はどうだったんだ？」

「あー、うん。結局、あの後使いものにならなくなっちゃって……。森も立ち入り禁止だし、王都にいる間に手合わせしてある程度実力を測ったら、それに合わせて領のほうで訓練しながら中の下あたりの魔物狩りに同行かな？　とにかく、魔物に慣れてもらわないと話にならないもの」

あの有様《ありさま》を見てもなお、二人をベルクハイツに連れていかないという選択肢はなかった。

ジョナサンの体つきは鍛《きた》えれば良いところまで行きそうだし、フィルの魔力量と魔法センスは魅力的だ。

ならば、肉体だろうが、精神面だろうが、鍛《きた》えるしかない。

大丈夫だ、ベルクハイツ領の兵達は後輩を必ず磨き上げてくれる。

「ベルクハイツに行けば、良い戦士になれるよ」

「そうだなー」

戦士になるしか選択肢がないとも言う。

そんな話をした数日後。ジョナサンとフィルの実力を測るため、二人を王都のベルクハイツ邸の鍛錬場《たんれんじょう》へ呼び出した。

しかし、その結果はお察しである。

「……父上。この二人には、父上は強すぎるのではないかと愚考します」

鍛錬場《たんれんじょう》には、少年二人が白目を剥《む》いて倒れていた。ジョナサンとフィルである。

森に入れないのならば仕方ない、とアウグストが二人の実力を試そうとしたのだが、その二人の前に立って覇気《はき》を纏《まと》った途端、二人が白目を剥《む》いて倒れてしまったのである。

ベルクハイツ領の兵相手ではまずなかったことなので、無表情ながら静かに動揺している父《アウグスト》に、アレッタはそっと具申した。

この場にいるのは、アウグストとアレッタ、ジョナサンとフィル、そして、なぜか治癒魔法をそれなりのレベルで修めているフリオである。

治癒魔法を修めている理由を問うと察しろと言われてしまい、自分を心配した故《ゆえ》と察したアレッタが真っ赤になったのは余談である。

まあ、それは横に置いておこう。

そうして、フリオに水をぶっかけられて目を覚ました二人の前に、今度はアレッタが立った。

「父上では強すぎるので、私が相手をします」

ジョナサンとフィルはホッとしたように息を吐いたが、アレッタは決して安心して良い相手ではない。残念なことに彼らは気絶していて見ていなかったが、アレッタは飛ばされてきたブラックドラゴンを打ち返した女である。

そうとは知らぬ二人は、外見詐欺《アレッタ》を強気な表情で見つめていた。

二人の様子に気づいた彼女は、真面目な顔で、けれど挑発するように告げる。

「言っておきますが、次期ベルクハイツ家当主である私は、その名に恥じぬ程度に強いです。少なくとも、二人同時にかかってきたとしても、私が勝ちます」

その言いように、二人の眉間《みけん》に皺《しわ》が寄った。

たとえベルクハイツの娘であっても、自分達より小柄な小娘にそんな物言いをされるほど、実力に開きがあるとは思えなかったのだ。

「ふん、そこまで言うなら相手をしてもらおうか」

「本気で行くからね。泣いても知らないよ！」

威勢の良いジョナサンとフィルに、傍《かたわ》らで見ていたアウグストがうむと満足げに頷《うなず》く。

これで、ようやくこの二人の現在の実力が分かるのだ。

フリオが両者の間に立ち、審判の役割を果たす。ジョナサンとフィルに向ける彼の視線は、哀れみに満ちていた。

「それでは、試合――否《いな》、手合わせを始める。終わりは、どちらかが気絶するか、終了の合図まで。始め！」

開始の合図と共に、ジョナサンが飛び込んでくる。

なかなか良い速度だが、ベルクハイツ領にいる兵達より断然遅い。アレッタは難なくジョナサン迎え撃ち、数合切り結んで鍔迫《つばぜ》り合いをする。

「くっ、流石《さすが》はベルクハイツか……！」

「それは、どうも」

そうやって話しているうちに、アレッタの耳が詠唱を拾った。

「〈炎よ、球を成《な》し、飛べ――火炎弾――〉」

詠唱が終わる寸前でジョナサンが飛びのき、火球がアレッタに迫る。

懇意《こんい》にしているだけあってなかなかのコンビネーションだが、残念ながら彼女には届かない。

「ふっ！」

気合一閃《いっせん》、アレッタは火球を剣の腹で打ち払った。それは彼女の横の地面に着弾し轟音《ごうおん》を立てる。

「んなっ⁉」

「嘘でしょ⁉」

魔法を剣で打ち払われるなど思ってもおらず、二人は目を剥《む》き呆然《ぼうぜん》とした。

「火球を打ち払う程度で、何を驚いているのです。父上や兄上達なら、風圧のみで消してしまいますよ」

「ひぇっ……」

「嘘でしょ……」

ベルクハイツ領の魔法使いの間で囁《ささや》かれる、現在進行形で本当にある怖い話をしてやれば、二人は青褪《あおざ》めドン引きする。

「どうして怯《おび》えるんですか。貴方方は我が領へ来るのですから、しょっちゅう目にするようになりますよ」

眉間《みけん》に皺《しわ》を寄せ、怒った風に言うアレッタだったが、ふと、気づく。

「……ああ、いえ、そうですね。これはうちだけでしたね。大丈夫、そのうち慣れます」

慈母《じぼ》の如《ごと》き優しい顔で言う彼女に、二人は益々《ますます》顔色を悪くする。

「さて、そちらから来ないなら、こちらから行きますね！」

「えっ⁉」

「ひえぇぇぇ……！」

その後、二人はアレッタの絶妙な手加減により、気絶することは叶わず、もちろんギリギリまで終了の合図もなく……

ベルクハイツ家の血統の恐ろしさを身を以《もっ》て味わったのだった。

＊＊＊

さて、そんなジョナサンとフィルが、決定した地獄行きに己《おのれ》の愚行を悔いている頃。愚行仲間の元王太子、アラン・ウィンウッドは自分の不遇を嘆《なげ》いていた。

「なぜ、俺がこんな目に遭《あ》わねばならん！」

残念王子は、反省などしていない。

「嗚呼《ああ》、リサはきっと寂しい思いをしているに違いない……」

――いや、むしろ、リサはホッとしつつ、反省と後悔で一杯な毎日を過ごしている。

「こんなことが許されるはずがない！　必ず、俺が必要とされる時が来る！」

そう言いながら、離宮の一室に押し込められ、鬱屈《うっくつ》した毎日を送っていた。

そんな、ある日のことである。

アランは、ジョナサンとフィルがベルクハイツ家に望まれ、ベルクハイツ領への勤務が決まったと耳にした。

己《おのれ》を差し置いてベルクハイツ領にと望まれた二人に、彼は腹を立てる。誰にも顧《かえり》みられず、要《い》らない者として扱われる日々に鬱憤《うっぷん》を溜めていたのだ。

そのせいで彼は、つい恐ろしいことを言ってしまう。

「なぜ、あの二人なのだ！　俺にこそ、ベルクハイツ領へ来てほしいと頭を下げるべきだろう！」

腕にそれなりに自信があったが故《ゆえ》の発言だ。

しかし、オリアナが聞いたら鼻で嗤《わら》うか、新しい駒《イケニエ》が飛び込んできたと喜ぶかのどちらかだろう。

そして案の定、その発言はオリアナの耳に入った。

「あら。それじゃあ、貰《もら》っちゃおうかしら」

もちろん頭を下げるなどしない。しかし、王家の不良在庫が回収される日は遠くなかった。

＊＊＊

ジョナサンとフィルをアレッタが転がした数日後。アウグストとアレッタは王城へ呼び出された。王城の貴賓室に通されしばらく待つと、ウィンウッド王国の王弟にして王太子に内定しているレオン・ウィンウッドがやってくる。

ルイスに関しては、既《すで》に王家から遠回しに謝罪されているので、今日はその件ではないのだろう。その予想通り挨拶《あいさつ》を交わした後、切り出されたのは、ブラックドラゴンのことだった。

レオンが頭痛を堪《こら》えるかのように眉間《みけん》に皺《しわ》を寄せて問う。

「ブラックドラゴンが王都近くの森にいて、それを服従させるのに成功したのは本当なんだな？」

「はい。その通りです」

アウグストは気負いなく頷《うなず》いた。だが無駄に迫力があるため、王族《レオン》が持っているカリスマ性が霞《かす》む。

我が親ながら濃いなぁ、などと馬鹿なことを考えているアレッタの目の前で、レオンが深々と溜《ため》息《いき》をつき、愚痴《ぐち》めいた言葉を呟《つぶや》いた。

「おい。おい……。問題が倍になったぞ……」

「そうですね……」

レオンの側近らしい茶髪の男もまた、げっそりと窶《やつ》れ遠い目をしている。

彼らは元王太子であるアランの騒動から波及した様々な問題に対処している最中であり、それはもう鬼みたいな仕事量に忙殺されていたのだ。そんな中に、この騒動である。死んだ魚のような目になるのも仕方がない。

「なんで、王都の近くの森にブラックドラゴンなんてものがいるんだ……」

彼らの頭痛の種は、王都の近くにある森で発見された件《くだん》のブラックドラゴンだ。

そんな恐ろしいものがいるというだけで背筋が寒くなるのに、さらにそれをベルクハイツ子爵が支配下に入れ、森の生態系を崩さないために置いてきたというのだからたまらない。

確かに、昔からブラックドラゴンがその森にいたのなら、ここで討伐してしまえば生態系が崩れ、下手をすると魔物の氾濫《スタンピード》が起こる可能性がある。

王都の近くでそんなものが起これば、一溜《ひとたま》まりもない。

それ故《ゆえ》のブラックドラゴンの調教なのだが、穿《うが》った見方をすれば、それはベルクハイツ家がそれを盾に、王家を恫喝《どうかつ》できるということである。

それは、王家にとっても、他の貴族にとっても、面白くない事柄であった。

「ブラックドラゴンを討伐した場合、魔物の氾濫《スタンピード》に備えて遷都するか、常時森での魔物の間引きをするかしかないわけだが……」

「どちらにせよ、問題は資金なんですよね……」

親子を呼び出す前、高官を集めて会議をしたが、ブラックドラゴンを討伐しベルクハイツの人間を王都に常駐させればいいじゃないかとの意見が出たのみ。

しかし、そんなことができるはずがない。彼らでなければ治められないほど厳しい土地が、あのベルクハイツ領なのだ。

「まあ、取りあえず軍で魔物の間引きに関する計画を立てることになった。よって、そのブラックドラゴンなのだが、討伐を子爵に依頼したい」

レオンがブラックドラゴンをそのままにはしておけんと言うと、アウグストは家族にしか分からない程度の微《かす》かな動揺を見せた。

彼は己《おのれ》に服従したブラックドラゴンに情が湧いていたのだ。それに既《すで》に己《おのれ》に服従している相手の首を獲る気にはなれない。

静かな動揺は、アウグストの覇気《はき》のコントロールを甘くし、周囲に圧がこぼれた。

アレッタはそんな父を見て、あ、動揺してるなぁと思っただけだが、レオン達はそうはいかない。

じりじりと息苦しさを感じ始め、それが目の前の男のせいだと気づいて、ざっと血の気が引く。

一体何が子爵の気に障《さわ》ったのだ。王族のプライドにかけて顔には出さなかったものの冷や汗を流しているところに、アウグストが口を開く。

「殿下に、お願いがございます」

「な、なんだ……」

「どうか、討伐ではなく、排除にしていただきたく。アレは我が領に連れて帰りますので」

アウグストは誠心誠意、心を込めてゴネた。

王家の依頼を撥《は》ねのけることが許されるかというと——許すしかなかった。

王家や貴族に限らず、この国の人間ならば何があろうとベルクハイツにそっぽを向かれてはならないのだ。これがベルクハイツ夫人やその息子達が言い出したことなら、重ねて討伐するよう命ずるが、目の前の男は当主である。しかも、彼は滅多《めった》に、というか、今まで奥方以外を『欲しい』と言ったことがないのだ。

ベルクハイツ家を擁護《ようご》する人間ならば、「ブラックドラゴンくらいあげちゃおうよ」と言い出すに違いない。それくらい欲のない男なのである。

それに、真剣に、一生懸命頼んでいるために覇気《はき》を纏《まと》ったアウグストに、否《いな》と言えるだろうか？少なくとも、武人ではないレオンには耐えきれなかった。

「く……、分かった……」

様々なことを天秤にかけつつも、レオンは許可を出す。

「ありがとうございます」

「うむ……」

少し顔色が悪いながらもどうにか体面を守った次代の王様に、アレッタはなかなか根性があるなと感心する。そして、父が発する圧が消えた部屋で二人の遣り取りを見守った。

そんなわけで、ブラックドラゴンは無事、ベルクハイツ領に引き取られることになったのだ。

その後、ブラックドラゴンに騎乗してベルクハイツ領に帰還したアウグストは、尊敬と憧憬《どうけい》の眼差《まなざ》しを以《もっ》て迎えられ、町は数日間お祭り騒ぎになった。

そんなベルクハイツ領民の肝《きも》の据《す》わり方を目の当《まあ》たりにしたルイス、ジョナサン、フィルの三名は、己《おのれ》の行く道のりが恐ろしく険《けわ》しいものであることを悟り、青褪《あおざ》めたという。

第七章

時は少し戻り、ブラックドラゴン事件から一週間後のことである。マデリーンが婚約者との顔合わせを無事終えて王都に帰ってきた。

アレッタが兄の様子を聞くと、マデリーンがなぜか「なんですの、あの人。本当に、なんなんですの、あの人！」と顔を真っ赤にして詰《つ》め寄ってきたのは余談である。

そのマデリーンは学園に顔を出すなり、ある情報をアレッタに渡してくれた。

「レーヌ様なのだけど、どうもルイス・ノルトラート様を待つ気でいるみたいよ。まあ、公爵様は今のところお許しにはなっていないみたいだけど」

粘《ねば》り勝ち、という言葉もあるし、どうなるかは分からない、と言う。元ライバルといえど、マデリーンは未だにレーヌに対する情報収集を欠かしていなかった。

キョトンとするアレッタに、マデリーンは視線でどうするのかと問う。

「えっと、まあ、良いんじゃないでしょうか。……あ、いえ、ベルクハイツ家的には今すぐは許しませんけど、時間が経ってほとぼりが冷めた頃、まだお互いに気持ちがあるなら、好きにしたら良いんじゃないかと」

しかし、ルイスの行く末は劇画世界の住人なのだが、レーヌはそれでも良いのだろうか？

言外に興味がないと答えたアレッタに「そう」と返事をして、マデリーンは静かに紅茶を飲み、話題を変えた。

「そういえば、ルジア男爵は爵位を返還するらしいわ」

「え？」

「リサ・ルジアのお父上よ。奥様とは別れて、リサを連れて平民になるらしいわ。まあ、元々あの方は爵位を継ぐ予定ではなく、あの方のお兄様が亡くなったせいで爵位を継いだらしいの。その前は冒険者で食べていくつもりで生活していたそうよ」

意外な裏事情である。

「それがお兄様が亡くなられて、当時結婚していた平民の奥様……リサ・ルジアの亡くなった実母と別れさせられたのですって。まあ、そういう事情なら、爵位を返すのも良い選択かもしれないわね」

「……そうかも、しれませんね」

乙女ゲームの主人公の親も、なかなかドラマ性のある人生を歩んでいたらしい。

なんとも、ままならないものである。

その後、問題児五人とリサ・ルジアは学園を退学した。

そして、これはアレッタ達が知らない数年後の話である。

平民として町で暮らしていたリサは、とある人物と偶然町で会うことになる。

それは、生家から追い出され裸一貫でどうにかのし上がってきた五人目の問題児ロブ・ダウソンであった。

リサは最初怯《おび》えたものの、彼は苦労したせいか随分《ずいぶん》と落ち着いていたそうだ。そして、彼女に謝罪した。

その後、なんとなしに交流が続き、最終的に彼らは結ばれることとなる。

かつての裕福さなど欠片《かけら》もないが、それでも幸せな家庭を築く二人の未来は、まだまだ先の話だった。

＊＊＊

「――あっ」

「えっ？」

小さな声に反応したのが運の尽き。

アレッタの視線の先に、レーヌ・ブルクネイラがいた。

本日は学園の休養日で、アレッタはフリオに誘われて町へ出ていたのだ。

そして、どこかでお茶でもと話していた時に、視線を感じると共に声を聞いたのである。覚えのある声に振り向くと、そこに驚いた顔をしたレーヌがいた。

アレッタはなんとなく目を逸《そ》らせず、ぎしり、と固まる。それで一緒にいたフリオのすすめで、レーヌとともに近くにあったカフェへ向かった。

そんなわけで現在、アレッタとレーヌ、そしてフリオとレーヌの付き人は、とあるカフェの個室にいる。

レーヌはいかにもお忍びですと言わんばかりの裕福な商家の娘風な服を着ており、付き人――恐らく護衛だろう男もまた、それらしい服装をしていた。

対するアレッタとフリオも、程々《ほどほど》に質の良い服なのだが、なぜか貴族っぽくない。

こればかりは育ちが原因なのだろう。王妃教育を受けた令嬢と、戦士教育を受けた少女の立ち居振る舞いは違っていて当たり前である。そして、その戦士な少女に合わせているフリオもまた、高貴な身分に見えないのは当然であった。

さて、レーヌは乙女ゲームの悪役令嬢役に相応《ふさわ》しい美少女である。

少しキツイ顔立ちではあるが、内面が表情に表れているのか、現在の雰囲気は気弱で儚《はかな》げ、如何《いか》にも『守るべき姫』といった風情《ふぜい》である。

なるほど、これがルイスの好みかと思いつつ、アレッタはこの後どうすべきか悩む。

レーヌも俯《うつむ》き気味の姿勢で視線を泳がせていた。その視線が時折フリオに行くのが癇《かん》に障《さわ》り、眉《み》間《けん》に皺《しわ》を寄せそうになるのをアレッタは耐える。レーヌの視線には色っぽいものが含まれず、ただ誰だろうと不思議がっているとしか感じられないのだから怒るのは筋違いだ。

気まずい空気の中、最初に口を開いたのはレーヌだった。

「あの、この度の騒ぎでご迷惑をおかけして、本当に申し訳ありませんでした」

意を決したように真剣な表情で頭を下げた彼女に、アレッタは驚きつつも言葉を紡《つむ》いだ。

「あ、いえ、その……。我が家としては何も言えませんが、個人としては謝罪を受け入れます」

少し困った顔でそう言うと、レーヌはそろりと顔を上げる。

「レーヌ様はルイス様が私の婚約者だと知らなかったと聞いています。正直に言いますと、複雑な気分ですが、特に恨めしい気持ちはありません。王都とベルクハイツ領という物理的な距離もあって、ルイス様とはあまり交流を持てませんでしたのでそこまで気持ちが育っていませんでしたし。もちろん腹は立ちましたけど、割と立ち直りも早かったんです」

彼女も複雑な表情になった。ルイスがアレッタと交流を持たなかったのは恐らくレーヌのせいもあったのだ。

「お二人の関係についての謝罪は、なさらないでくださいね。なんというか、レーヌ様にそのことを謝罪されると、再び腹が立ちそうなので。もし、それに関して私が謝罪を受けるとしたら、相手はルイス様であるべきでしょう」

なかなか手厳しく、そして当然の言葉である。

要は、婚約者の浮気相手に「貴女《あなた》の婚約者に愛されてごめんなさい」などと言われたくない、ということだ。

それを考えれば、レーヌの最初の謝罪の言葉は正解だった。

アレッタの言葉の意味を正しく受け止めたレーヌは、身を縮こめる。

「確か、我がベルクハイツとブルクネイラ公爵家との話し合いが、近日中に行われると聞きました」

「はい。三日後を予定しています」

実は、ベルクハイツ子爵家とブルクネイラ公爵家の話し合いは、互いの都合がつかずに難航していた。

というのも、ブルクネイラの狸《たぬき》とベルクハイツの悪魔が主導権を取ろうと有利な日時を主張し合い、ずれ込んでいたのだ。それを悪魔が狸《たぬき》の首根っこを押さえたことで、ようやく双方の都合がつくことになったのである。

そんなことは知らぬ少女達はようやくかと思い、悪魔候補の少年は狸《たぬき》も流石《さすが》大貴族の当主、悪魔相手によくあれだけ粘《ねば》れたものだと感心していた。

「それでは、この話はこれで終わりにしましょう」

「はい……」

そう言って話を打ち切ったアレッタに、レーヌは目を伏せ、もう一度深く頭を下げる。

そうして、二人の話し合いは終わったのだった。

店から出て、アレッタはフリオと共に町を歩く。

「……アレッタ、大丈夫か？」

それは、淡々とした声だった。

気遣われたくない、というアレッタの内心を察しながらも気になってしまい、彼の声音《こわね》は平坦になったのだろう。

アレッタは一つ溜息《ためいき》をつき、立ち止まって大きく伸びをする。

「ん～、うん。大丈夫」

へらり、と気の抜けた顔で笑えば、フリオは一つ瞬《またた》きをし苦笑する。

「そうか」

「うん、そうよ」

そう言って、二人は再び歩き出した。

ルイスとレーヌの騒動は、もう過去のことだ。婚約は苦い終わり方だったが、アレッタは割り切っている。

しかし、実際にレーヌと顔を合わせると、正直、イラッとはした。まあ、それは仕方がない。恋心はなくとも、結婚の約束をしていた人の浮気相手だ。信頼を裏切られれば、腹が立つのは当然だ。レーヌが学園に復帰するなら顔を合わせることもあるかもしれないとはいえ、親しく付き合うことはない。

ルイスは領に来るので再び顔を合わせることになるだろうが、訓練の時である可能性が高い。思いっきりぶっ飛ばしてやろう、とアレッタは少しばかり悪い笑みを浮かべる。

それで全部終わり――文字通りに手打ちにしてやろうと考えていた。

だから、ルイスがベルクハイツ領を出られるようになったら、どこへ行こうが構わない。レーヌのもとへ行こうが、ベルクハイツ領にとどまろうが、どうでも良い。

アレッタは既《すで》に、彼とは別の道を歩き出したのだから。

彼女は隣を歩くフリオをちらと見上げ、揺れる手に視線を向ける。

「……っ」

意を決し、フラフラ揺れるその手を、パチンと音を立てて捕まえた。

「っと、え？　アレッタ？」

驚くフリオに、アレッタは笑顔を向ける。

「帰ろうか」

するとフリオは目を瞬《またた》かせた。

益々《ますます》笑みを深めたアレッタは、学園に着くまでずっとその手を繋いでいた。

＊＊＊

レーヌとの遭遇から三日後。ベルクハイツ家とブルクネイラ家とで話し合いの場が持たれた。

その場にはアウグストとその側近、そしてブルクネイラ家当主と次期当主たる長男が出席する。

そしてそれは非常にスムーズに終わった。

この場は、『話し合い』とは名ばかりで、ほぼ確認作業に等しかったのだ。

そもそも、ここに至る前に行われた暗躍合戦に勝利した悪魔に、狸《たぬき》はとっくに要求を呑まされていた。それについての確認作業なのである。

そうして、ベルクハイツ家がブルクネイラ家から満足のいく慰謝料を分捕ってから五日。アウグストがついに領地へ帰ることになった。

彼が領地を離れて二か月近い時が流れている。四人の息子と先代当主がいるとはいえ、これ以上離れているわけにはいかない、という判断だ。

ルイスとの婚約破棄を発端としたブルクネイラ公爵との話し合いは、悪魔の高笑いが聞こえるほど有利に終わり、ブラックドラゴンというお土産《みやげ》まで手に入れたので、そこそこ満足しての帰還となる。

「アレッタ、鍛錬《たんれん》を怠《おこた》らぬようにな」

「はい、お父様」

相変わらず覇王《はおう》の如《ごと》き様相だが、その目に湛《たた》えた感情は娘に甘い父親のものだ。

そんな親子の心温まる遣り取りを家臣達は優しい目で見守っている。一方、今回ベルクハイツ領行きが決まった三名、ルイスとジョナサン、フィルは顔を強張《こわば》らせていた。

現在アレッタ達がいるのは、王都の飛竜発着場である。そこに、あのブラックドラゴンの姿はない。

「――ところでお父様、ブラックドラゴンはどこに？」

「ああ、町の外で待機させている。ここには連れてこれなかったのでな」

アウグストの言葉に、アレッタは納得した。

ブラックドラゴンは恐るべき魔物だ。もしここに連れて来れば、発着場の飛竜達が腹を出して降伏する未来しか見えない。

一度町を囲む城壁の外に出て、そこでアウグストが乗り換えるのだ。

「我が領の飛竜なら一緒でも大丈夫だろうが、王都の飛竜は無理だ」

「そうですね」

ベルクハイツ領の飛竜は恐ろしく肝《きも》が据《す》わっている。

同じ種の飛竜のはずなのに、王都とベルクハイツ領の飛竜とでは顔付きが違うのだ。もちろん、顔が怖いほうがベルクハイツ領の飛竜である。

「領主様、そろそろお時間です」

「ああ、分かった」

側付きの言葉にアウグストは頷《うなず》き、改めてアレッタに視線を向ける。

「アレッタ、親が望むのは我が子の幸せだ。健《すこ》やかであることを願う。笑いたければ笑い、泣きたければ泣き、怒りたければ怒れ。ただし、我が身に恥じるような行いだけはしてはならない」

「はい、お父様。どうか、お父様もご健勝《けんしょう》で」

彼は小さく微笑《ほほえ》み、アレッタの頭を一つ撫《な》でた。

そして、アウグストが飛竜で飛び立った十数分後のことである。

アレッタは、尋常ならざる気配を感じ、空を見上げた。次の瞬間、目を見開く。

そこには、大きく翼を広げたブラックドラゴンの姿があった。ブラックドラゴンは飛竜ほど従順ではないが問題なく人を乗せて飛行できる。もっとも、アウグスト以外の者が騎乗できるかは謎だが……

ブラックドラゴンは王城へ向かい、ぐるりとその周りを一回りする。

「絶対、お母様の指示だ……」

アレッタの頭では母《オリアナ》の意図を全て汲《く》むことはできない。だが、その行動に何かしらの脅《おど》しが含まれていることは理解できた。

王家は一体、何をしたのだろうか？

王家と中央貴族が秘密裏に行おうとしたベルクハイツ家の内政弱体化を知らぬアレッタは、周りの人々と同じく唖然《あぜん》としながら、ブラックドラゴンの去っていった方向をいつまでも見つめていた。

エピローグ

ベルクハイツ子爵たるアウグストが去って数日。ついにレーヌが学園に復帰した。

今回、こんな騒ぎになってしまったので、レーヌにとって学園は針の筵《むしろ》だ。しかし、ここの卒業資格は人生において、かなりのアドバンテージになるのだ。今後の人生設計がどうなっているのかは分からないが、彼女の望む未来には必要なのだろう。

そんなレーヌとアレッタの関係は、目が合えば会釈《えしゃく》する程度だ。

両家の話し合いは終わり、もう関わりのない相手である。個人的な謝罪も受け取った今、話すことなど何もなかった。

二人の距離感は、それが正しい。

マデリーンはレーヌがルイスを待つつもりだと言っていたが、彼女のもとに戻る頃には彼は劇画系戦士と化しているだろう。彼女はそんなルイスを受け入れられるのだろうか？　前回の遭遇時に聞くことができなかったそれだけが、少しばかり心配だ。

そんな日々を過ごしているある日。アレッタはマーガレットとティータイムを楽しんでいた。

「最近ずっと騒がしかったけど、ようやく落ち着いてきたわね」

「そうね。お父様もお帰りになったし」

うふふ、と笑い合うが、マーガレットの笑い声が少しばかり空笑いに近かったのは、きっとブラックドラゴンに騎乗するアウグストを見てしまったせいに違いない。

あの日、王都は大騒ぎになったものの、あのブラックドラゴンはベルクハイツ子爵の乗り物であるとのお触れが出て、すぐに沈静化した。流石《さすが》はベルクハイツ、と人々は唸《うな》ったのだ。

しかし、アレッタはあの大騒ぎは大変申し訳なかったと思っている。

「――そういえば、アレッタは次の婚約者候補とかいるの？」

「ごほっ!?」

突然のマーガレットの言葉に、アレッタは咽《む》せた。

「あらら、ごめんなさい、アレッタ。……で、やっぱりブランドン先輩なの？」

「ちょ、マーガレット!?」

謝りながらも、にんまりと笑みを浮かべるマーガレットに、アレッタは慌てる。

「だって、貴女《あなた》達最近とても仲が良いじゃない。ブランドン先輩はアレッタに好意を持っているのを隠そうともしなくなったし、貴女《あなた》は貴女《あなた》でそれを受け入れてるし」

「うあぁぁ……」

続いた言葉に真っ赤になって両手で顔を隠した。

「それで、ねえ、どうなの？」

いつの時代も、どこの世界も、乙女の楽しみは恋バナだ。

マーガレットはウキウキとアレッタに尋ねた。フリオとの外出を『デート』だと指摘したのも彼女である。

　アレッタは頬を染めながらも、観念して話し出した。

「その……、そもそもフリオはルイス様と婚約する前の、私の婚約者候補だったの」

「えっ⁉　そうだったの⁉」

　マーガレットが目を丸くする。

　そしてアレッタは、フリオの暗躍やレーヌとルイス関連のことなどは隠しつつ、彼との関係とつい先日告白されたことを話した。

「キャー！　何それ、素敵じゃない！」

「そ、そう？」

「そうよ！　だって、アレッタをずっと一途《いちず》に愛していた、ってことでしょう？」

「う、うーん。そうね……」

　それで合っているのだが、実際はもっと強い執着《しゅうちゃく》を感じている。

　マーガレットが想像しているだろうキラキラしたものではない。傷口から血を流し、ギラギラと燃えている。

　普通の令嬢なら怯《ひる》む。フリオの告白は、そんな告白だ。

「けど、平気だったな……」

　もっともそんなフリオの想いをアレッタは問題なく受け止めている。そして強く心を動かされた。

　なぜなら、本能が囁《ささや》くのだ。あれは、自分に必要な男である、と。

「そうね。もし、結婚するのなら――」

答えは、決まっていた。

＊＊＊

あのパーティーの事件から、既《すで》に三か月以上の時が流れていた。

元王太子達が去り権力交代があったが、学園は表面上だけでも落ち着きを取り戻している。

アレッタもまた普段通りの日々を過ごしていた。

そんな中、アウグストから手紙が届く。

それは、彼女の次の婚約者についてだった。

とうとう、アレッタに新たな婚約者が決まったのだ。その相手は、やはりフリオ。

その報《しら》せを受けた翌日。アレッタはなんとも言えぬ緊張感を持って学園へ向かう。

朝の鍛錬《たんれん》を終え教室に向かう途中、フリオの視線を感じたが、その時は気づかぬふりをした。

そのフリオに捕まったのは、放課後のことである。

「アレッタ。婚約の件、報《しら》せを受け取ったか？」

「えっと、うん……」

人気《ひとけ》のない中庭で、二人は向かい合う。

「なあ、アレッタ。俺はな、最初はただの政略結婚で、親父《おやじ》が乗り気だからベルクハイツ領に通ってた」

「……うん」

フリオの瞳は優しく、戸惑《とまど》い緊張しているアレッタを映している。

「けど、ずっと接していれば情が湧く。次第に、お前となら結婚しても良いと思い始めた」

フリオの手がするりとアレッタの頬を撫《な》でた。

「そしてある日、ベルクハイツ夫人に、ベルクハイツ子爵とお前の戦闘訓練を見せられたんだ」

「えっ」

ベルクハイツ家は、子供に施《ほどこ》す戦闘訓練を他者に見せることは滅多《めった》にない。あまりの激しさに、善意による邪魔が入るためだ。

「驚いたし、胸が痛かった。俺なんかの腕じゃ、お前の代わりに戦うことはできないともよく分かって悔しかったな」

「フリオ……」

情けなく垂れる眉に、アレッタも困った顔になる。これればかりはどうしようもないのだ。だから、気にしないでほしくて、アレッタはフリオの手を握った。

「けどな、お前を守ることを諦《あきら》めたわけじゃないんだ。俺は、俺のできることでお前を守るよ」

彼の瞳には、強い決意の炎が燃えている。

「アレッタ・ベルクハイツ」

フリオは握られていた手でそのままアレッタの手を取り、跪《ひざまず》いた。

「貴女《あなた》を愛しています。私と、結婚してください」

真っ直ぐに見つめられたアレッタは口をわななかせ、落ち着くために深呼吸する。

そして、真剣な顔で告げた。

「フリオ・ブランドン。私は、貴方が好きです。だから……、結婚を前提にまずお付き合いをしてください！」

フリオは目を瞬《またた》かせた。次の瞬間、その顔が喜びに染まっていく。そしてアレッタの手を引き寄せ、抱きしめた。

「ちょ、フリオ！」

「愛してるぞ、アレッタ！」

そのまま、慌てるアレッタに向かって、叫ぶ。

「ま、まだ結婚しないんだからね！　お付き合いからなんだからね！」

「そうだな。まだ、結婚はしないんだな」

アレッタが照れ隠しに小さく抵抗するとに、フリオは、まだ、を強調して笑う。

彼が心から嬉しそうに笑うので、アレッタもまた微笑《ほほえ》みを浮かべた。

フリオは、アレッタの幼馴染《おさななじみ》であると同時に、一番のお友達だったのだ。

幼い頃から鍛錬《たんれん》漬けで、その合間を縫って淑女教育も施《ほどこ》されていたアレッタには、とにかく時間がなかった。

そんな中で親に紹介された子供の内、長くアレッタと付き合ってくれたのは彼のみだ。

なかなか外に出られず遊ぶ時間の取れない彼女のもとにわざわざ来てくれるのは、フリオだけだった。

まさか婚約者候補とは思わなかったが、彼がアレッタの特別な人であることに変わりはない。

そんな彼から愛の告白を受けて、心が動かないわけがなかった。

これまでも日々、彼からの愛を受け取り、心が鮮《あざ》やかに色付いていたのだ。

彼の目を見るのが、恥ずかしくてたまらない。

伴侶とするなら彼だと思った。

そう思ったのなら、もう、逃《のが》れることはできない。

そして、逃《のが》れられないなら、彼と色んなことを経験したいと感じたのだ。

デートをして、記念日を作って、イベントを共に過ごして。

それならまず、恋人になるべきだろう。

そんな、甘い夢を見た。

彼女の乙女心など全てお見通しとでも言うかのように、フリオは愛しげにアレッタに微笑《ほほえ》む。

そして、甘く囁《ささや》く。

「愛している、アレッタ」

そう言って蕩《とろ》けるように笑ったフリオは、そっとアレッタの唇に己《おのれ》の唇を重ねたのだった。

閑話　レーヌ・ブルクネイラ

レーヌ・ブルクネイラは、己《おのれ》を取り巻く現状に頭を抱えていた。

そもそもの始まりは、五歳の頃、前世の記憶が戻ったことである。

とはいえ彼女は、前世の自分のことをあまり覚えていない。成人しており、どこかに勤めていたOLだったのは覚えているのだが、自分の名前や容姿、家族、人間関係など、そういった詳細は記憶していないのだ。

分かるのは、自分が生きてきた世界のことだけ。

学び、得てきた知識、世界情勢や歴史、好きなテレビ番組、ゲーム、漫画。そういったものは覚えていた。

突如蘇《よみがえ》った記憶を持て余《あま》したレーヌは熱を出し、しばらく寝込んだ。そして、病《や》み上がりの頭で気づいたのである。

ここが、前世でプレイした乙女ゲーム『七色の恋を抱いて』の世界であることを。

前世の彼女はそのゲームが好きで、隠しキャラも含めて余《あま》すところなく全てのスチルを回収し、攻略した。

その彼女の一番の推しは、非攻略キャラだ。

非攻略でありながら、名前だけはあったモブの彼の名は、ルイス・ノルトラート。王太子の護衛騎士であり、王宮や学園で王太子の不在を告げるだけのキャラクターである。

そんな彼が、前世のレーヌの一番のお気に入りだったのだ。

次にゲームを出す時は、ぜひ彼を攻略対象に入れてほしいと思いつつ、前世の彼女は王太子の不在を知っていながら無意味に王太子のもとを訪ね、ルイスに会うというプレイを繰り返していた。

その記憶を取り戻したレーヌは、ゲームの世界に生まれ変わったことに歓喜し、次に絶望する。

なぜなら、彼女は既《すで》に王太子の婚約者であったからだ。

加えて王太子にはあまり好かれておらず、むしろ鬱陶《うっとう》しがられていた。

まあ、外で遊ぶのが好きな活発な少年にとって、一緒にお部屋で遊んでなどと言って纏《まと》わりつく女の子は鬱陶《うっとう》しいだろう。

ゲームでの『悪役令嬢レーヌ・ブルクネイラ』は、嫉妬《しっと》深く権力を笠《かさ》に着てヒロインを虐《しいた》げる令嬢だった。そのせいで最後は、パーティーでの断罪劇を経て国外追放され、貧困の中で野垂《のた》れ死にするのである。

それを思い出したレーヌは、もちろん王太子との仲を構築し直そうとした。

邪魔にならないように注意し、嫌がられない距離を保ち、彼の好みに沿うよう努力をする。

しかしその結果、彼女は王太子にとって都合の良い女と認識されてしまった。

それは、レーヌの望んだ形ではない。

けれど、そのように扱われ続けた彼女は、いつしか王太子に嫌悪感を抱き、二人の関係は冷え込んでいった。

そんな、王太子と会うことが憂鬱《ゆううつ》になっていた頃に出会ったのが、彼女の前世の推し、ルイス・ノルトラートだったのである。

三次元になり、動き、話すルイスは、今世のレーヌにもとても魅力的に見えた。だからそれは、所謂《いわゆる》一目惚《ひとめぼ》れに近い。

その後も、レーヌと王太子の仲は悪くなり続け、王太子はレーヌに居留守を使うようになる。

代わりにレーヌと話すのが、ルイスだ。

居留守を使われて悲しそうな溜息《ためいき》をつくレーヌの儚《はかな》げな様子が、彼の心を落ち着かなくさせた。

そして、レーヌを慰《なぐさ》めようと声をかけるようになり、二人は距離を縮めていったのだ。

もともとルイスに好意を持っていたレーヌは、もちろん表には出さなかったものの内心ではガッツポーズを決め、今後のことを考え始めた。

要は、王太子と仲良くなることを諦《あきら》め、婚約を解消してもらおうと計画したのである。

ところが、父であるブルクネイラ公爵にそれとなく相談してみても、王家からの打診故《ゆえ》にそればかりはできないと却下された。

それでも、王太子との仲が婚約解消を望むほど悪くなっていることは心に留《と》めておくとは言ってくれた。

婚約とは、家同士の契約である。家長の許しがなくては、解消できない。

かくなるうえは乙女ゲームの舞台である学園に入学し、ヒロインに王太子を攻略してもらった上で、穏便《おんびん》に別れるしかないだろう。前世で悪役令嬢を主人公にした小説を数多く読んでいたレーヌは、断罪対策もばっちりだ。

ルイスとの未来を夢見るレーヌには、ヒロインは救世主のように思えた。

しかし、その時、ふと気になったのが、ルイスの婚約者の有無《うむ》だ。

もしいるのなら、とても厄介《やっかい》なことになる。相手によっては打てる手があるかもしれないし、諦《あきら》めざるを得ないかもしれない。

そうして調べた結果、ルイスはフリーだった。

喜び安堵《あんど》したレーヌだったが、それが彼女の第一の失敗だ。

ルイスはその半年後に、ベルクハイツ家のアレッタと婚約したのである。

彼はそのことを王太子の婚約者であったレーヌに知らせず、彼女も情報の更新を怠《おこた》った。

そして、迎えた運命の日。

王太子からの婚約破棄を待っていたが、どうも彼はゲームのシナリオ通りレーヌを打ちのめしたいらしい。けれどレーヌは、彼が罪をでっち上げていることを知っている。

彼女は、冤罪であると証明するものを用意し、万が一国外追放されても生きていけるだけの財産を確保していた。

そして、王太子の逆上によって国外追放を命じられる。その時、ルイスが何もかもを捨てる覚悟で自分についてきてくれると言う。彼女は喜びのままにその手を取った。ついで国王が登場し、彼女に対する国外追放の命令は取り消される。レーヌは勝負に勝ったのだ。

しかしそれが新たな問題の始まりだったと知ったのは、その場で一人の令嬢が倒れてからだった。

なんと、その令嬢はルイスの婚約者だというではないか！

それも、よりにもよってベルクハイツ家の令嬢だ。

派閥を越え、最早《もはや》治外法権と言っていいベルクハイツ家に喧嘩《けんか》を売った形になってしまったレーヌはかくして頭を抱えたのである。

ブルクネイラとベルクハイツ——国にとって、なくなって困るのはベルクハイツなのだ。ブルクネイラの代わりはいるが、ベルクハイツがなくなると、物理的に王国がなくなるかもしれない。

ルイスに婚約者がいたことを知らなかったレーヌは驚いた。

けれど、そもそも彼はレーヌが王太子に嫁《とつ》ぐものと思い、今日まで生きてきたのだ。その状況で婚約者ができましたなどとレーヌに報告するのも変だろう。大体にして、レーヌとルイスの関係は曖昧《あいまい》である。確かに甘やかな意図を含んだ絆《きずな》はあったが、それにはあえて名前を付けていなかった。

そんな状況で彼はレーヌを選んだのである。

その場の勢いというのもあるが、女を愛する男として、それだけなら褒《ほ》められる行動だろう。

しかし、愛はなくとも結婚の約束をしていた男としては最低だった。そして、多くの者に影響を与える責任ある立場の者としては、あまりに軽率だ。

結局、ルイスは色々な認識が浅く、レーヌは企て事《くわだごと》をするには脇が甘かった。

二人は地位ある者の油断が何を招くのかを知ることになる。

まず、レーヌもルイスも速《すみ》やかに謹慎を言い渡された。

その後、各家で事情聴取が行われ、家長をはじめとする人々が問題に対処するために奔走《ほんそう》する。

レーヌは散々叱《しか》られ、呆《あき》れられた。もっとルイスについて調べていれば、こんなことにはならなかったのに、と。

確かにそうだ。

しかし意外にも、王太子以外の男性に心を奪われたことは責められなかった。

「まあ、王太子殿下がアレではね」

そう言ったのは、レーヌの兄だ。

最近では、傲慢《ごうまん》な部分が目に付くようになり、危険視されていたらしい。それを聞き、レーヌは複雑な思いを抱いた。乙女ゲームのシナリオに振りまわされたのは、自分も王太子も同じだ。

それはともかく、なんにせよ、レーヌの失態によって家族に迷惑をかけ、ベルクハイツ家の怒りを買った。それは、心から申し訳なく思っている。

父であるブルクネイラ公爵は、ベルクハイツ家が相手では常のやり方は通用しないと早々に察し、できる限り傷を小さくせんと根回ししたが、悪魔と恐れられるベルクハイツ家の伴侶の前に残念ながら敗北した。ギリギリ出せる厭《いや》らしい額の慰謝料を毟《むし》り取られることとなる。

家の経済状態を憂《うれ》う父の背を見つめ、レーヌは小さくなって過ごしていた。

そんなある日。自責の念で食が細くなっている彼女を心配し、兄が少し町に出て歩いてきたらどうか、と言い出した。

既《すで》に謹慎は解かれており、ベルクハイツ家との話し合いが終われば復学の予定も立てられていた。

このままではいけないと思っていた彼女は、兄の勧めに従って町に繰り出す。

そして、ルイスの婚約者であったアレッタと遭遇したのである。

アレッタは、あの恐ろしい力を持つと噂《うわさ》されるベルクハイツ家の令嬢には見えない、普通の女の子だ。

そんな彼女は、その時一人ではなかった。

赤毛のイケメンと共にいたのである。

もしかして、彼はアレッタの恋人……、もしくは、それに近しい人なのではないか？　己《おのれ》の罪悪感を軽くする要素を見出し、レーヌは思わずイケメンをチラチラ見てしまう。それにアレッタが不愉快そうにしているのに気づき、即座に視線を戻した。

そうして、目の前の少女を改めて見て、先ほどの自分の思考が恥ずかしくなる。

そもそも、彼女に恋人がいようがいまいが関係ない。

自分より年下の、なんの非もない彼女の婚約者を、知らなかったとはいえ横から奪ったのだから。

ここで落ち込むのは間違っている。自分は、加害者なのだ。

意を決したレーヌは謝罪したが、アレッタは終始冷静で、一枚壁を隔てたかのような態度で淡々とその謝罪を受け入れた。

言外に、レーヌとはお近づきになりたくない、と伝えてくる。

そして、家同士の問題は別だが、アレッタ自身は謝罪を受け入れてくれ、レーヌはアレッタと別れた。

その三日後。とうとうベルクハイツ家との話し合いがもたれた。

レーヌは緊張する。

ベルクハイツ家当主、アウグスト・ベルクハイツが王都に来て、一か月以上の時が流れていた。

彼は話題に事欠《ことか》かない人だ。

この間、様々な人間を訪ねて言葉を交わし、時には夜会に出て貴婦人を失神させていた。そして、トドメにブラックドラゴンの発見である。

そんなベルクハイツ子爵が、とうとうブルクネイラ公爵家へやってくるのだ。

「そろそろいらっしゃる刻限だな」

父の言葉からしばらくして、ベルクハイツ子爵の到着の報《しら》せを受け、家族揃って玄関で出迎える。

そしてレーヌは、己《おのれ》がいかに愚《おろ》かなことをしたのか身を以《もっ》て知った。

屋敷に入って来たのは、覇王《はおう》だったのだ。その力でこの世の全てを蹂躙《じゅうりん》できそうな迫力のある御《ご》仁《じん》である。

ベルクハイツ子爵の覇気《はき》に当てられた母は失神し、レーヌも気が遠くなりかけたがなんとか持ちこたえた。

しかし、足がガクガクして歩けそうになく、結局話し合いには参加できない。

彼女は薄暗い自室で、溜息《ためいき》交じりに小さく呟《つぶや》く。

「ルイス様のこと、聞きたかったな……」

それは、レーヌが聞いてはいけない、聞くことは許されない情報だ。

けれどそれでも、彼女は愛する彼のことが知りたかった。

子爵がルイスをどうするつもりなのか。そして、ルイスを自分のもとに帰してくれる気はあるのか。

「これが、現実か……」

乙女ゲームの世界なのに、煌《きら》めく恋は既《すで》になく、地に落ちて泥まみれで藻掻《もが》く恋だけが残った。

父たる公爵にはルイスを待つことは許されていないが、彼女は待つつもりでいる。

「ルイス様……」

そんなレーヌが、辛抱たまらずベルクハイツ領へ行き、劇画戦士ルイスに衝撃を受けるのは、三年後のことである。

悪役令嬢マデリーン編

プロローグ

マデリーン・アルベロッソは、自分の性格が悪いことを自覚している。

張り合っている相手に心配されると「は？」と感じて機嫌が悪くなるし、ライバルには自分の成《な》したことを見て悔しがってほしい。

そういう性格の悪さを自覚したのは、十歳の頃だ。

マデリーンがライバル視していてこの世で一番嫌いなのは、彼女と同じ年で同じ公爵令嬢であるレーヌ・ブルクネイラという名の少女である。

彼女と最初に出会ったのは七歳の時、王家主催のお茶会でだった。

既《すで》にレーヌは王太子殿下の婚約者であり、誰よりも大人びて見えたものだ。

年齢以上に落ち着き大人っぽいレーヌに他の令嬢達は憧れていた。しかし、マデリーンだけは挑戦的な視線を送る。

レーヌを見た時、直感的に、この女は敵だと思ったのだ。

事実、その後の二人の関係はろくなものじゃない。少なくとも、マデリーンにとっては。

レーヌは数学分野で天才的な才能があり、すぐに家庭教師を必要としなくなって学者すら舌を巻く計算能力だとか。

魔法に深い興味を持っていて、積極的に学び成果を出して宮廷魔術師長に褒《ほ》められたとか。

慈悲深い性格で、失業者の職業訓練所を作る提案をしたとか。

とにかく、レーヌに対する誉め言葉をよく聞く。

負けてなるものかとプライドの高いマデリーンは奮起した。そして結果を出したのだが、それを聞いたレーヌの反応は、次の通りである。

「まあ！　マデリーン様って凄《すご》いのね！」

とても素直に褒《ほ》められた。

マデリーンは「はあ？」と思う。そこは悔しがるところでしょ、と。

それなのに、レーヌは小さい子供が頑張ったから誉めてあげる大人として振る舞ったのである。

それが、恐ろしくプライドの高いマデリーンの癇《かん》に障《さわ》った。内心で「ふざけんじゃないわよ！」と叫ぶ。

しかし、マデリーンは淑女だったので、「ありがとう」と極上の微笑《ほほえ》みで、けれど瞳の温度だけは極寒という、ちぐはぐな顔で礼を言うしかなかった。

それからもマデリーンがレーヌを上回っても、彼女は上から目線で「凄《すご》いわ」と言うだけなのである。

結局、張り合っているのはマデリーンのみだ。

まあ、それは仕方がない。ライバル視するかしないかは本人が決めることで、マデリーンが関与できることではないのだ。

しかし、それでもマデリーンは思うのである。ふざけんじゃないわよ、と。

なぜ、同じ年の同じ爵位の家の娘に上から目線でモノを言われなきゃならないのか。

王太子の婚約者だからか？

断じて否《いな》だ。

アレは生来の性格。素でマデリーンを下に見て侮《あなど》っている。

優しいお姉さんぶって話しかけてくるレーヌが、マデリーンは大嫌いだった。

もっとも、レーヌを慕う令嬢は多い。そんな純粋な令嬢達を見て、なるほど、レーヌの態度を素直に受け取れない自分はどうやら純粋さが足りない、つまり、性格が悪いのだとマデリーンは悟った。

それを自分付きの侍女、メアリー・シアーズに言うと、「お嬢様はプライドが高いだけですよ」と言ってくれる。でも、レーヌの悔しがる顔が見たいと願うのは、やっぱり性格が悪いからなのだ。

そうしてマデリーンは一方的にレーヌをライバル視し、レーヌに侮《あなど》られ続けていた。

やがて時は流れ、マデリーンに婚約者ができた。

婚約相手は優秀と噂《うわさ》される侯爵家の嫡男《ちゃくなん》で、名をシルヴァン・サニエリクという。銀髪でアイスブルーの瞳が綺麗な美少年。そして、何より努力家だ。

マデリーンは努力する人間が好きである。

しかし、彼が王太子の側近候補であったため、これまで以上にレーヌとの接触が増えてしまい、それだけが気に入らなかった。

いずれレーヌが王妃となるのだから、こんなことではいけないとは思うのだが、嫌いなものは嫌いなのだ。仕方なくマデリーンは、今までよりもっと分厚い仮面を被る。

婚約者と悪くない関係を築きながら、学園へ入学した。

それからしばらく経った頃、婚約者の様子がおかしくなる。

なんだかよく分からないが、リサという名の男爵令嬢の尻を追いかけ始めたのだ。

今までの努力を溝《どぶ》に捨てるようなものなので、マデリーンは何度も注意し、彼の家にまで報告を上げてやめるよう諭《さと》す。

しかし、彼はマデリーンが何を言っても、やれリサが、リサと比べて、リサのほうが、と喧《やかま》しく、その頭の軽いお花畑女をマデリーンよりも上等な女だと言いやがったのである。

マデリーンは激怒した。必ずやこの男に目にもの見せてくれると誓った。

真実の愛がどうのとのたまう婚約者には、その真実の愛を貫《つらぬ》く障害になっているらしい自分が何を言っても無駄と判断し、彼女はリサに接触する。

マデリーンはリサが誰と恋人になろうが、愛人になろうが、結婚しようが、どうでも良かった。

ただ、あの婚約者に痛手を負わせることができれば良かったのである。

マデリーンを前にしてリサは一見怯《おび》えている風だったが、その瞳には愉悦が浮かんでいる。

「――ねえ、リサ・ルジア。私、貴女《あなた》のその『可哀そうな私』ごっこに付き合ってる暇はないの。だから、端的に言うわね。貴女《あなた》、身分制度を甘く見てない？」

「え……」

依然として怯《おび》えたふりを続けるリサを無視して、マデリーンは話を進める。

「王太子殿下と結婚したとして、貴女《あなた》は王妃になれると思っているの？　むしろ、王妃になりたいの？　王妃になるのなら、急ぎ足で教育を受けて知識を詰《つ》め込まなくちゃならないのよ？　はっきり言って、地獄ね。側妃だって、それ相応に教養が必要よ？　平民上がりの男爵令嬢でマナーもできてない、学園の勉強にすら躓《つまず》いてる貴女《あなた》にできるの？」

リサの瞳が揺れるのをマデリーンは見た。

「私の婚約者を含めた他の男達もそうよ。貴女《あなた》、彼らがなんて言われてるか知ってる？　女の尻を追いかける頭の軽い馬鹿よ？　はっきり言って、貴女《あなた》は彼ら全員と体の関係があるんじゃないかって疑われているわ」

「なっ⁉」

これには流石《さすが》のリサも目を剝《む》く。

「それに、彼らの実家は優秀だった跡継ぎ達のこの有様《ありさま》にお怒りになってるわ。未だに彼らの実家が何かしらの理由で貴女《あなた》を排除しないのが不思議なくらいよ」

彼女はマデリーンの話を聞いて、だんだん青褪《あおざ》めていく。

ここにきて、マデリーンは少し意外に思った。

リサはこれまでにも他の女生徒から何度も呼び出しを喰らっていたらしいのに、こんなに素直に話を聞き、その言葉をきちんと受け取ったなど聞いたことがなかったのだ。

実はこれには理由があった。

リサにはアレッタ達と同じで前世の記憶があり、あの乙女ゲームの大ファンだったのだ。前世の記憶が戻ったのが学園に足を踏み入れた瞬間、というなんとも言えぬタイミングだったため、「ゲームの世界に転生した！」と浮かれたままのゲーム脳と恋愛脳を携《たずさ》えて学園生活を開始していた。

そんな浮かれた状態で誰かしらに注意されても、その言葉の中に嫉妬《しっと》を感知し、恋愛脳が『忠告』を『嫉妬《しっと》からの意地悪』に変換する。だからリサの心には届かなかった。

しかし、マデリーンの言葉には嫉妬《しっと》は欠片《かけら》もなく、婚約者への怒りしかない。だからこそ、届いたのだ。

「貴女《あなた》、自分が他人からどう見られているかよく考えるべきね」

「は、い……」

どうやら急速に自分の置かれている立場を自覚し始めたらしいリサは、青褪《あおざ》めフラフラと去っていく。

これであの男がこっぴどくフラれればいい、とマデリーンは思った。

ところが、事態は妙な方向へ向かう。

男達が、リサを逃がすまいと囲い始めたのだ。

毎日、リサリサリサ、と喧《やかま》しく、その執着《しゅうちゃく》ぶりはとても気持ちが悪い。

この頃になると、マデリーンはシルヴァンに生理的な嫌悪感を抱くようになる。

彼女の実家も数多《あまた》の手を打ち、それでも駄目になっていく婚約者に見切りをつけ始め、婚約解消は秒読みの段階に入った。

そんな腹立たしい一年が終わり、新学期を迎える。

新たに入ってくる一年生の中に、あのベルクハイツ家次期当主がいるらしいと実家から聞き見に行ってみれば、挙動不審の女生徒がいた。

何この子、と思いつつ声をかけると、件《くだん》のベルクハイツ家次期当主だ。

なんでも、領地とはあまりに違う世界に驚いていたらしい。マデリーンは、さもありなん、と納得した。

あの地はこの国を守るための永遠の戦場だ。そんな土地と比べれば、戸惑《とまど》うのも無理はない。

そうして彼女との交流が生まれる。あれこれ面倒を見ているうちに、実は努力家だったその後輩が可愛く思えてきた。マデリーンは努力する人間が好きなのだ。

そんな時にある事件が起きた。

なんと、マデリーンの可愛い後輩を、彼女の婚約者が捨てたのである。

そして、その愚者《おろかもの》が選んだのは、マデリーンが大嫌いなレーヌだ。

見つめ合う二人の目には、恋人同士特有の甘さが見て取れる。マデリーンの頭は瞬時に沸騰《ふっとう》した。

あの女！　私の後輩、しかもベルクハイツの男に手を出してやがった！

マデリーンは鍛《きた》えた観察眼で、二人の関係を察する。

レーヌへの感情は、『大嫌い』だったのだが、この時から『軽蔑《けいべつ》』も加わった。

そして、この時を以《もっ》て、レーヌはライバルに値しない存在になる。

脳が、こいつらに一発かましてやれ、と命じていた。それに従い口を開くと、素晴らしく性格の悪い言葉が出る。

加えて軽蔑《けいべつ》の一瞥《いちべつ》をくれてやり、マデリーンは倒れた後輩の後を追ったのだ。

その最低な一夜は、あらゆる人間の転機となる。

王太子は廃嫡《はいちゃく》され、その側近達は輝かしい道を閉ざされた。

リサは修道院行きを望み、レーヌは憧れのお姉さまの座から転落。真面目で誠実なはずの騎士は、周囲から白い目で見られている。

マデリーンは大嫌いなライバルを、アレッタは婚約者を失った。

――マデリーンは自室で大きな溜息《ためいき》をつく。

「人生って、ままならないことばかりね……」

それはまだ十七歳の少女の言葉ではなかった。

第一章

頭上の空は青く澄み渡り、白い雲が流れていく。

その白い雲がいつもより近く感じるのは、彼女のいる場所が高所であるからだ。

栄えあるウィンウッド王国のアルベロッソ公爵家令嬢、マデリーン・アルベロッソは、現在、飛竜の背に乗っていた。

つい先日、己《おのれ》の婚約者になった男に会いに行くためである。

公爵令嬢ともあろう者が十七歳にもなってあらたな婚約者ができるなどという事態になったのは、つい先頃起こった珍事のせいだ。

それは、王太子とその取りまきが己《おのれ》の婚約者の罪をでっち上げて陥《おとしい》れようとしたことに端を発する。

そんな頭の悪い企《たくら》みは、被害者の令嬢にコテンパンに論破されたのだが、事《こと》はそれだけでは終わらなかった。

被害者令嬢の秘密の恋のお相手が、国の重要一族、ベルクハイツ子爵家の娘の婚約者だったのだ。

ベルクハイツ家は、『深魔《しんま》の森』という魔物の氾濫《スタンピード》をしょっちゅう起こす恐るべき辺境の土地を治め処理する、常識外の力を持つ一族である。

そんな彼らを蔑《ないがし》ろにし、怒らせるなど愚の骨頂。彼らがいなくなれば国が滅ぶのだ。

その重要な土地を治め続けた功績により次期当主の代で陞爵《しょうしゃく》が決まっており、これを機に中央貴族との繋がりを強化しようと選ばれたのが、件《くだん》の浮気男だった。

中央貴族のお墨付きだったはずのその浮気男は当然婚約を破棄されて根性を叩《たた》き直すべく子爵に献上されることになる。

けれど一番重要なのは、信頼を損なってしまったベルクハイツ家との関係を少しでも回復することだった。

そこで国の中枢は、マデリーンを使うことにしたのだ。

彼女は中央でも力のある公爵家の娘であり、先頃婚約解消したばかりだった。

何より、元婚約者との関係が冷めていた頃からアルベロッソ家はマデリーンの知らぬところでベルクハイツ家に婚約の打診をしていたのだ。

国は渡りに船とばかりに、マデリーンをベルクハイツ子爵の四男、グレゴリー・ベルクハイツと婚約させた。

この婚約は、実家が有する子爵位を将来継ぐマデリーンにグレゴリーが婿入《むこい》りする形だが、住む場所も、仕事先もベルクハイツ領になる。実質はマデリーンの嫁入りだ。

マデリーンも、この婚約に否《いな》やはない。そこで婚約者の顔を見るために今飛竜に乗っているのだった。

「飛竜って、やっぱり便利ね。速いわ」

「ひえぇぇ……」

マデリーンは眼下を流れる景色を眺めながら、ポツリと呟《つぶや》く。

彼女の隣では、お付きの侍女であるメアリーが涙目で震え座席の固定帯に掴まっていた。

魔道具で壁を張り座席付近をそれで覆《おお》っているため、多少の揺れはあるけれど快適な空の旅をしている。しかし、その空を飛ぶということ自体を怖がる者にとっては、拷問に等しいみたいだ……

「ねえ、メアリー。貴女《あなた》、ついてこないほうが良かったんじゃない？　途中の宿で待っていても良いのよ？」

「いいえ！　お嬢様の旦那様になる方がどんな方なのか、しっかりと見定めなくてはなりません！」

シルヴァンとの一件を一番近くで見てきた腹心の侍女は、そうはっきりと宣言した。

彼女がここまで張り切っているのは、元婚約者であったシルヴァンの愚かさもさることながら、今回の顔合わせが急に決まり、アルベロッソ公爵が同行できなかったことにも起因している。

アルベロッソ公爵は王都に滞在しているベルクハイツ子爵とは顔を合わせたのだが、仕事がありベルクハイツ領まで行くのは無理だったのだ。

つまり、旦那様の分まで私が見てきます、とメアリーは奮起しているのである。

「そう。じゃあ、悪いけれど、頑張ってちょうだい」

「はい！　頑張ります！」

ふんす、と気合を入れる彼女に、マデリーンは苦笑する。メアリーが心底信頼し、親愛と尊敬の念を向けてくれる度に救われ、背筋が伸びる思いがする。

そんなメアリーが、マデリーンも大事で、大好きだった。

「貴女《あなた》のお眼鏡に適えば、きっと大丈夫ね」

「はい！　しっかり見定めますね！」

震えながらも張り切る器用なメアリーに、マデリーンは笑った。

＊＊＊

ベルクハイツ領までは、五日程の日数が必要だった。

これが軍人や、それに準ずる人間であるならば、強行軍で二日程度なのだが、今回ベルクハイツ領へ行くのはか弱いお嬢様である。よって、途中の町で飛竜を降り、宿を取って休み、また飛竜に乗って出発、を繰り返したのだ。

ベルクハイツ領へ着いてすぐにマデリーンが気づいたことは、その地に住まう人間の顔付きが、他の土地のものと違うということだった。

「皆さん、随分《ずいぶん》引き締まった顔をしていらっしゃるわ」

「そうですね。なんだか、こう、迫力があるような……」

マデリーンとメアリーは流石《さすが》最前線の領と感心して囁《ささや》き合い、飛竜の発着場で働く職員達を眺める。

その時、マデリーンに近づいてくる人影があった。

「マデリーン様、ベルクハイツ家の方がお迎えに来られました」

「あら、そう。ありがとう。どちらにいらっしゃるのかしら？」

マデリーンが実家から連れて来た護衛騎士の一人だ。今回、マデリーンは腹心の侍女たるメアリーと、護衛騎士三名を連れてきたのだ。

マデリーンは護衛騎士に案内され、竜の発着場を出る。その先にいたのは、ベルクハイツ領の騎士六名と、黒髪に紫の瞳を持つ、一人の美しい貴婦人だった。

「ようこそ、我がベルクハイツ領へ。私はアウグスト・ベルクハイツの妻、オリアナ・ベルクハイツと申します」

どうぞよろしく、と言って悪戯《いたずら》っぽく微笑《ほほえ》む年齢不詳のその人に、マデリーンは目を見開いた。

まさか、ベルクハイツ夫人がわざわざ出迎えてくれるとは予想していなかったのだ。

「ご丁寧にありがとうございます。私、ルベウス・アルベロッソが娘、マデリーン・アルベロッソでございます。ご夫人自ら迎えていただき、恐縮の限りでございます」

そう言って綺麗なカーテシーをするマデリーンに、ベルクハイツ夫人は微笑《ほほえ》む。

その後、夫人に案内されてマデリーン達は馬車に乗り込んだ。マデリーンは夫人と同じ馬車に、メアリーと護衛騎士は召使い用の地味な馬車へ、護衛騎士の一人がマデリーン達の馬車の御者席へ回る。

「ふふ。驚かせてしまって、ごめんなさいね？　本当は、グレゴリーが来るはずだったのだけど、魔物の氾濫《スタンピード》があったせいで来られませんでしたの」

「えっ⁉」

さらっと告げられた言葉に、マデリーンは目を剥《む》く。

まさか魔物の氾濫《スタンピード》が起きているなど夢にも思わず、身を固くした。

「ああ、大丈夫ですわ。既《すで》に終息していますから。今は後片付けをしていますのよ」

マデリーンは体の力を抜いた。落ち着きを取り戻し、微笑《ほほえ》むベルクハイツ夫人に改めて見る。

マデリーンは魔物の氾濫《スタンピード》を恐ろしい災害として認識しているのだが、ベルクハイツ夫人の言い様《ざま》は、ちょっと酷《ひど》い雨、程度だ。

なぜ恐ろしいことが起きたのに、そんなに落ち着いていられるのかと不思議だったが、すぐにそういう土地であり、立場なのだと思い出す。

「それで、被害などは出たのでしょうか？」

「兵が多少怪我をしたくらいかしら。そこは仕方がないですわね。ただ、死者や重傷者はいませんでしたわ。夫が王都へ行っている間は頻繁に魔物の間引きをするようにしているので、小規模の氾濫で収まっていますの。普段の規模だったら、もう少し時間がかかったでしょうね」

夫人の言葉に頷《うなず》いていると、不意に馬車が止まった。

「どうしたんでしょう？」

「ああ、魔物の素材を運び込む時間とちょうどかち合ってしまったみたいですわね。ちょっとお待ちいただけるかしら？」

馬車は領主の館の近くにある砦《とりで》付近で停まっている。

どうやら大通りに解体された魔物の素材を順次運び込んでいて、それに行き合ったため待っているらしい。

「そうね、時間もそれなりにかかるだろうし、折角《せっかく》だから見物なさってみる？」

待つだけでは暇だろうと夫人が気を使い、マデリーンに聞く。マデリーンは不思議に思って首を傾《かし》げた。

それを見たベルクハイツ夫人はきょとりと目を瞬《またた》かせ、その直後、苦笑する。

「ああ、ごめんなさいね。我が領では、魔物の素材を運んでいると見物に来る者が多くて……。自分の町を襲おうとした魔物の正体が皆気になるのね」

最早《もはや》、恒例の見世物になっているので、ついマデリーンに見物してみるかと聞いてしまったのだという。

マデリーンは、そういうことなら見てみるのもありなのかもしれないと考え、夫人と共に馬車を降りた。

見物人達は騎士に場所を空けるように言われ、不満げに辺りを見回す。ところが、ベルクハイツ夫人を見つけた途端、そそくさと場所を空けた。

「ベルクハイツ夫人だ」

「うわ、本物だ」

「相変わらずお綺麗な方だ……」

ひそひそと囁《ささや》かれる言葉をさらりと流し、夫人がマデリーンを手招く。

「マデリーン様、こちらへ」

マデリーンは彼女のもとへ近寄り、その隣に立った。

「見えるかしら？　荷馬車から飛び出している角《つの》」

「ああ、あの白いものですか？」

目の前をガラガラと音を立てて荷馬車が走っていく。大判の布がかけられた荷台からは、白い角《つの》らしきものが飛び出していた。

「あれは、二角馬《にかくば》という魔物の角《つの》なの。使えない部分が少ない魔物で、お肉も美味《おい》しいのよ」

副音声で売値も美味《おい》しいと聞こえた気がしたが、マデリーンは気づかなかった振りをする。

そうしてベルクハイツ夫人の説明を聞いていると、馬の蹄《ひずめ》の音がした。

何げなくそちらに目を向けたマデリーンは硬直する。

マデリーンの様子に気づいた夫人も視線を向け、驚きの声を上げた。

「グレゴリー！　貴方、一体どうしたの、その酷《ひど》い格好は！」

馬上にいたのは、一人の若い青年だ。

青年は頭から被ったかの如《ごと》く血まみれで、こちらを見て目を丸くしている。

「えっ、母上？」

その馬上の青年こそが、ベルクハイツ子爵家の四男、グレゴリー・ベルクハイツだったのだ。

彼は馬の足を止め、気まずそうに母親を見た。

「そんな血まみれで町に出るとはなんですか！　貴方、なぜ砦《とりで》で洗って来なかったの！」

ベルクハイツ夫人が怒ると、視線を泳がせる。

「いや、その……、マデリーン殿がいらっしゃるので、急いで帰ってきたんだが……」

「このお馬鹿！　その格好でマデリーン様に会うつもりだったの⁉」

柳眉《りゅうび》を跳ね上げ益々《ますます》怒るベルクハイツ夫人に、彼は慌てて首を横に振った。

「いや、まさか。砦《とりで》には平服しかないから、屋敷で綺麗にして礼服を着れば時間短縮になるかと思ったんだ」

「ああ、もう……」

息子の言い訳に、頭が痛い、と言いたげに額《ひたい》を押さえる夫人。グレゴリーは気まずそうに視線を逸《そ》らす。

そして、その逸《そ》らした視線が、青褪《あおざ》めたマデリーンを見つけた。

「え。あの、もしや、マデリーン・アルベロッソ殿では……」

「はい。私、マデリーン・アルベロッソと申します」

マデリーンの名乗りに、今度はグレゴリーが青褪《あおざ》める。

彼は慌てて馬から降り、名乗った。

「このような格好で申し訳ありません。グレゴリー・ベルクハイツと申します」

グレゴリーは頭から血を被っているため髪色があまり分からないが、母親と同じ黒髪らしく、瞳は緑色である。

感情が顔に出ないタイプなのか、先程から顔の筋肉は僅《わず》かしか動いていない。しかし彼は、仕草

というか醸《かも》し出《だ》す雰囲気に感情を出していた。

今も表情に乏《とぼ》しいながらも、心底申し訳なく思っているのが分かる。もっとも、残念ながら今のマデリーンにそれを察する余裕はなかった。

彼女は生粋《きっすい》の高位貴族令嬢である。

戦場には縁がなく、よって血まみれの戦士にも、むせ返る血の臭いにも耐性は皆無《かいむ》だ。

普通の令嬢であれば悲鳴を上げてひっくり返るであろうグレゴリーの惨状《さんじょう》でも立ち続け名を名乗ったのは、プライド故《ゆえ》である。

しかし、それにも限度はあった。

手足が冷え、頭がフワフワとしてくる。

血の気が引いていく頭の隅で、マデリーンは己《おのれ》の可愛い後輩であり、目の前の男の妹からの伝言を思い出す。

――『お父様達は元気です、怪我に気をつけて、と』

そう伝言を頼まれたのだ。

「お怪我は、ありませんか？」

どうにか血まみれの男――後輩の兄に、そう尋ねた。

「え、はい。ありません」

グレゴリーはパチリと一つ瞬《またた》き、答える。

それを聞いたマデリーンは、真っ白になった顔で微笑《ほほえ》む。

「そう、良かった……」

そしてそのまま、崩れ落ちる。

薄れゆく意識の向こうで、慌てる男の声を聞いた気がした。

第二章

マデリーンが目を覚ましたのは、夕暮れ時だった。

窓のカーテンの隙間から朱く染まった陽の光が差し込み、薄暗い部屋を寂しげに照らしている。

「ここは……」

そう呟《つぶや》いた時、ちょうど部屋に入ってくる人間がいた。

「メアリー……？」

それは、マデリーンの侍女、メアリーだ。

「マデリーン様！　良かった、お目覚めになったのですね！」

主《あるじ》の様子に気づいたメアリーが、小走りに駆け寄る。

「私は一体……」

「マデリーン様は貧血を起こして倒れられたのです」

そう言われ、マデリーンはゆるゆると自分の身に起こったことを思い出した。

「そう。そうだったわ。私は婚約者殿に会って……」

血まみれのグレゴリーを見て血の気が引き、気絶してしまったのだ。

メアリーがベッドサイドの水差しからコップに水を注ぎ、マデリーンはそれを受け取る。一口飲んで、ほっと息を吐いた。

「不覚だったわ。視覚的にはどうにか耐えられる感じだったんだけど、嗅覚《きゅうかく》まで来ると駄目だったわね」

「耐えようとなさるお嬢様が凄《すご》いです……」

メアリーはグレゴリーを見た瞬間、パタリ、と気絶したらしい。ただし、復活も早かったようだ。

「お嬢様が気絶されてから、すぐにこの領主館に運ばれたそうで、皆様、心配なさっていましたよ。特にベルクハイツ夫人は申し訳なかったと仰《おっしゃ》って心を痛めておられました」

「そう。私の認識が甘かっただけだから、謝罪などは必要ないのだけどね。そういえば、婚約者殿は何か言ってた？」

「それが……」

メアリーは困った顔をする。

彼女も気絶してしまったため現場を直接見たわけではないのだが、ベルクハイツ夫人がそれはもう怒って屋敷に着いて早々グレゴリーを連行していったようだと言う。

「お屋敷の方達に聞いたんですけど、身綺麗にされた後、ずっとお説教を受けているそうです」

「お説教……」

なんとも言えぬ家庭的な匂いのする表現に、マデリーンは目を瞬《またた》かせてその言葉を繰り返す。

「ベルクハイツ夫人が、マデリーン様が目覚められたら、よろしければ晩餐《ばんさん》をご一緒したいと仰《おっしゃ》っていたのですが、どうなさいますか？」

「そうね。ご一緒しようかしら」

マデリーンが了承の意を伝えると、メアリーが「畏《かしこ》まりました」と受け、部屋を後にする。

「どうなることやら……」

兎《と》にも角《かく》にも、婚約者との顔合わせの滑り出しは、微妙なものとなった。

＊＊＊

「——マデリーン様、体調はもう大丈夫かしら？」

「ええ。もう大丈夫ですわ」

そう声をかけてきたのは、ベルクハイツ夫人だ。

晩餐《ばんさん》の席に着いていたのは、アレッタの祖父母と母、そして四人の兄達——つまり、ベルクハイツ子爵と末娘のアレッタを除いた、ベルクハイツ一族全員だった。

それぞれが軽く自己紹介をし、改めて席に着く。

晩餐《ばんさん》は、むくつけき男達の醸《かも》し出《だ》す戦場の覇者《はしゃ》の如《ごと》きオーラとは真逆の、穏やかな雰囲気で始まった。

「本当にごめんなさいね。あんな格好を見せてしまって」

「いえ、そんな……。むしろ私のほうこそ醜態《しゅうたい》をさらしてしまい、呆《あき》れていらっしゃらないか心配です」

謝罪するベルクハイツ夫人にマデリーンはそう返す。すると、皆の視線がグレゴリーに集まった。

「……申し訳なかった」

たった一言の謝罪に、ベルクハイツ夫人の柳眉《りゅうび》が跳ね上がる。

しかし、マデリーンはその一言に察するものがあった。

グレゴリーの言葉は、表面上は淡々として味気ないが、何やら疲れているように感じたのだ。

ずっとお説教をされていた、とメアリーから聞いていたからかもしれない。

マデリーンはグレゴリーに悪感情を抱かなかったのだが、それで済ませられないのが母親である。

お小言を与えようと口を開こうとする。しかし、それを待たず言葉をかける者がいた。

「なんだ！　どうした、グレゴリー！　元気がないな！」

ベルクハイツ家次男のバーナードだ。

ガンガンと夕飯を食べているのに、最低限のマナーを守っているからか、食べる姿に下品なところはない。むしろ気持ちのいい食べっぷりだ。

客がいようが自分のペースを崩さないバーナードに呆《あき》れた風に口を開いたのは、三男のディランだった。

「馬鹿なことをやりましたからね。反省しているせいで元気がないんです」

そう言って、母親にチラリ、と視線をやる。夫人は仕方ない、とでも言いたげに小さく溜息《ためいき》をつき、口を閉ざした。

しかし、そんな遣り取りに気づかないのが無邪気な脳筋《バーナード》である。

「ふむ？　何か悪さをしたのか、グレゴリー？」

「血を落とさず帰ったんだ」

バーナードの質問に、端的に答えたのは長男のゲイルだ。この男、父親のベルクハイツ子爵にそっくりである。

「んん？　グレゴリーがそんなことをするのは珍しいな」

「マデリーン嬢に早く会おうと思って、横着《おうちゃく》するのが悪いんです」

バーナードは首を傾《かし》げ、ディランは少し揶揄《からか》い交じりに言う。

グレゴリーは眉間《みけん》に皺《しわ》を寄せるが、言い返すことはなかった。

マデリーンは話を逸《そ》らそうと口を開く。

「魔物の氾濫《スタンピード》が起きたと聞きましたが、皆様お怪我はございませんでしたか？」

「おお！　気にかけてくださるのか！　今回は掠《かす》り傷程度だったのう」

彼女の言葉に破顔したのは、先代当主のアレクサンダーである。

「兵も軽傷で済んだな」

「兄上、やっぱり間引きはこれからもすべきですよ。父上が帰って来てからも間引きの頻度を増やしたままにしましょう」

ゲイルとディランが、それに続いた。

マデリーンは大事なことを思い出す。

「――そういえば、アレッタ様から伝言がございますの」

「あら、アレッタから？」

先代当主夫人のポーリーンがおっとりと小首を傾《かし》げた。

「はい。ベルクハイツ子爵はお元気です、と。それから、怪我に気をつけて、とのことです」

「あらあら、まあまあ」

嬉しそうにポーリーンが微笑《ほほえ》み、他の者もくすり、と笑う。

そして礼を言った後、ベルクハイツ夫人がポツリと呟《つぶや》く。

「あの子も元気そうで良かったわ」

その言葉には娘に他を気にかける余裕があって良かったという安堵《あんど》が含まれていた。

＊＊＊

晩餐《ばんさん》が終わり、マデリーンが部屋に戻ると、期待で目を輝かせたメアリーが待機していた。

「晩餐《ばんさん》はいかがでしたか？」

「そうねぇ……。悪くはなかったんだけど、グレゴリー様とはあまりお話しできなかったわ」

グレゴリーとはあの後も、あまり話をしなかったのだ。

「まあ、お疲れみたいだったので仕方ないわ。なんといっても、今日は魔物の氾濫《スタンピード》を治めたそうだし」

「ああ、それは仕方ないかもしれませんねぇ……」

他の兄弟は平然としていたことや、疲れの主な原因がお説教であろうことは黙っておく。

「お顔は悪くなかったわね。多少強面《こわもて》かもしれないけど、戦士ですもの。王都の貴公子風だったら逆に違和感があったかもね」

「ベルクハイツ家の方ですものね」

強面《こわもて》を超えて覇者《はしゃ》の風格を纏《まと》っていたが、その程度、マデリーンの矜持《きょうじ》を以《もっ》てすれば、動揺することではない。

「取りあえず、明日はゆっくりお話の場を設けてくださるそうだし、全てはそれからね。もしかすると町に出るかもしれないから、そのつもりでいてちょうだい」

「はい、承知いたしました」

そうして、マデリーンはバスルームで汗を流し、眠りについたのであった。

＊＊＊

次の日の目覚めは、なかなか良いものだった。

マデリーンはすっきりと目が覚めたし、ナチュラルメイクという名の完全武装のノリも良い。天気は快晴、絶好の散策日和《びより》である。

「なかなか良い日になりそうね」

マデリーンの機嫌は良く、体調も万全だ。

彼女は部屋で朝食を済ませ、その後でグレゴリーと改めて顔を合わせた。

彼は良家の子息らしく小ざっぱりとした仕立ての良い服を着ていたが、どう見ても武人の顔が前に出ており、受ける印象は『怖そうな人』だ。

対するマデリーンは柔らかな色合いのドレスを着こなし、意識して優しく微笑《ほほえ》めば、良家の子女を超えてお姫様に見える。

まさに、美女と野獣。

そんな二人が向き合って話す内容は、グレゴリーの妹であり、マデリーンの後輩であるアレッタのことであった。

「それでアレッタさんったら、手合わせの際、思わず相手の武器をへし折ってしまったんですって。力加減が難しい、って嘆《なげ》いていらっしゃいましたわ」

「ああ、学園で領外の人間を相手にすると、最初は必ずやる……んです」

一応和《なご》やかに話しているが、グレゴリーはあまり口数が多いほうではなく、少し戸惑《とまど》いを滲《にじ》ませていた。普段とは違う話し方をしているのかもしれない。何やら丁寧に話そうとする努力の影がちらつくのだ。

「グレゴリー様。喋《しゃべ》りやすい話し方をしていただいても大丈夫ですわよ？　武人の妻になるのですもの、多少荒々しい口調でも気にしませんわ」

マデリーンがそう言って微笑《ほほえ》むと、彼はしばし視線を彷徨《さまよ》わせた後、ほんの少し情けない顔になる。

「そうさせてもらえると、助かる」

やはり無理をしていたらしい。

「その、俺はまさか貴女《あなた》のような淑女と婚約するとは夢にも思っていなかったので、あまりマナーがなっていない。不快に思うことがあったら、遠慮なく言ってほしい」

「分かりましたわ」

己《おのれ》に非があれば言ってほしいなどと、歩み寄る気持ちがあるだけ素晴らしい。

元の婚約者であったシルヴァンのあんぽんたんは、最終的に何を言っても鼻で嗤《わら》って蔑《さげす》んだ目で見てきたのだ。アレとは天と地の差がある。否《いな》、比べるのも失礼だ。

良い関係を築きたいものだとさらに微笑《ほほえ》むと、グレゴリーも肩の力を抜き、先程まで重かった口を開いた。

「正直、貴女《あなた》みたいな可憐《かれん》な方と婚約をすることができてとても嬉しく思っている。ずっと武術一辺倒だったので、気の利いたことは言えないし、やることも外《はず》れているかもしれない。ただ、貴女《あなた》を大切にしたいと心から思っている。だから、どうか、これからよろしく頼む」

「え、あ、はい……」

マデリーンは、なんの前触れもなく火炎弾を撃ち込まれたかのような衝撃を受けた。

誰だ、口数が少ないと思ったのは。いきなり口説《くど》かれたぞ。

マデリーンは鉄壁の微笑《ほほえ》みの下で動揺する。

彼女は今まで様々な人間と接してきた。口では調子の良いことを言いながら心では蔑《さげす》んでいる人達、あからさまなおべっかで媚《こ》びる誰か。

そういう人間に囲まれて育ったが故《ゆえ》に、人を見る目が肥えている。

よって、目の前の男が本気でマデリーンとの婚約を、アルベロッソ家の娘ではなく、マデリーン個人との婚約を喜んでおり、大切にしたいと思っていることを察した。

「さしあたって、貴女《あなた》のことを知りたいし、俺のことを知ってほしい。貴女《あなた》は何を好むのか、何を嫌うのか、絶対にしてほしくないことは何か。俺は、貴女《あなた》に嫌われたくない。だから、教えてほしい」

「あ、はい。えっと……」

マデリーンにとって、未だかつてない事態である。

真摯《しんし》に、真剣に、口説《くど》かれている。しかも、これは無自覚に違いない。

この武術一辺倒の御仁《ごじん》は、正しくそういう人間だろう。裏などなく、腹芸ができず、真っ向から勝負する人間。

そう、真っ向から勝負されているのである。マデリーンを手に入れるために。

「あの……」

「なんだ？」

グレゴリーの表情はあまり変わらない。

しかし、その瞳だけは熱く、甘かった。

遭遇したことのないタイプの男を前に、マデリーンの分厚い淑女の仮面がぐらついていた。

グレゴリーは己《おのれ》が気の利かないつまらない男であることを自覚している。そのため、マデリーンに対し、なるべく紳士的に振る舞おうと考えていた。

彼女に許しを貰《もら》い、口調こそ武人らしく荒いものの、丁寧に大切に接しようとする態度は変えていない。


さて、二人は午前中は屋敷で話をし、そのまま共に昼食を摂った。

「その、午後なんだが、良ければ町を案内したい」

「まあ、嬉しいですわ」

マデリーンとしては、ベルクハイツ領の町は大いに気になっている。

なんせ、あの『深魔《しんま》の森』の側にある町であり、その環境に負けない人々が暮らす力強い土地だ。馬車で町中を通ったが、それだけで分かるはずもなく、どういう雰囲気の町なのか、自分の知る町とはどう違うのか知りたかった。

付き合いではなく本当に喜ぶ彼女に、グレゴリーも安堵《あんど》したように小さく微笑《ほほえ》む。

そうして取り付けられたデートの誘い。メアリーが張り切ってマデリーンを飾り立て、見事に清《せい》楚《そ》で美しい令嬢を作り上げる。

支度が終わり、マデリーンが玄関ホールへ向かうと、既《すで》にグレゴリーが待っていた。

二人は揃《そろ》って馬車へ乗り込み、町に出かける。

町へ着くと徒歩で散策に繰り出したが、二人きりというわけではない。当然、離れた場所にマデリーンが連れて来たアルベロッソ家の護衛騎士がついてきていた。

グレゴリーを見た瞬間に騎士達が一瞬浮かべた、俺達は必要なのだろうかと言わんばかりの表情に、マデリーンは思わず噴き出しそうになる。

そうやってマデリーンはグレゴリーとあちこち歩きまわったのだが、まず感じたことは、領主一家の人気の程《ほど》であった。

「あれ？　グレゴリー様だ！」

「グレゴリー様、今日はお休みですか？」

行く先々で声をかけられる。グレゴリーは言葉を返すことこそ少ないが、軽く手を上げてその声に応《こた》えていた。

「グレゴリー様は人気者ですのね」

「いや、ちょっと顔を知られているだけだ」

マデリーンの言葉に、彼は少し困った顔になる。

「ベルクハイツ家というだけで、目立つからな」

「あら。でも、嫌な人だと声はかけませんわよ」

マデリーンはにっこり笑って言葉を重ねた。

「グレゴリー様が民にとって、好ましい人間でいらっしゃる証拠ですね」

「……ありがとう」

グレゴリーは視線を彷徨《さまよ》わせ、ポリポリと頬を掻《か》いてそっぽを向く。

一瞬怒らせたかと思ったが、耳が赤くなっているのを見てマデリーンは照れているのだと気づいた。

何やら一矢報《いっしむく》いた気がして、にっこりと微笑《ほほえ》む。

しかし、マデリーンのその余裕もすぐに失われることになった。

「グレゴリー様の隣にいる方はどなただ？」

「もしかして、あのご令嬢は……」

グレゴリーを見つけたら、当然側にいる人間も目に入る。町の住人達の関心は、グレゴリーと親しげに話す女性に移った。

「美人だ」

「見ろ、ほっそいな～」

視線の中にはぶしつけなものもあるが、彼女にはよくあることなので無視する。

しかし、そのぶしつけな視線を大きな影が遮《さえぎ》った。

「そろそろ行こう」

グレゴリーだ。

エスコートするように手を差し出され、マデリーンはそっとその手に自分の手を乗せた。

そのまま寄り添うように歩き出すと、しばらくしてグレゴリーが口を開く。

「……申し訳ない。俺は、少し心が狭いのかもしれない」

「え？」

「貴女《あなた》が他の男の目に留まるのが面白くなかった」

「っ⁉」

突然飛んできた豪速球に、マデリーンは微笑《ほほえ》みの仮面を張りつけたまま固まったのだった。

＊＊＊

ベルクハイツ領の町は、高い城壁で囲まれている。魔物から領民を守るためのそれは、他の町のものより高く、分厚い。

その城壁の上に、マデリーンとグレゴリーはいた。

「ここからだと町が一望できるし、『深魔《しんま》の森』も少しだが見ることができる」

「まあ、素晴らしいですわね」

普通なら女性を連れてくるような場所ではないのだが、マデリーンは興味津々《きょうみしんしん》で辺りを見回した。

城壁の外を見れば、荒野が広がっており、大地には所々穴が開いている。

「戦っていると、魔法が着弾したり、大地を叩《たた》き割《わ》ってしまったりするから、外はかなり凸凹《でこぼこ》している。昔は地均《じなら》しをしていたらしいんだが、きりがないから酷《ひど》い所だけ均《なら》して、後はそのまま戦っている」

「これでは馬を走らせるのは難しいのではありませんの？」

大地を割るってなんだ、とは思ったものの、マデリーンは綺麗にスルーした。その代わり、気になったことを質問してみる。

その質問に、グレゴリーが頷《うなず》く。

「ああ。確かに難しいから、馬に乗って戦うことはない。兵も将も自分の足で走って戦うんだ。馬を使うのは全てが終わって、屠《ほふ》った魔物を回収する時だな。魔法使いが魔法で地均《じなら》しして何本か道を作り、そこを馬で荷車を引くんだ」

「まあ……」

戦場で馬を使えないというのは、不利だ。しかし、それでやっていけているのだから凄《すご》いし、この領の兵達の頑強《がんきょう》さが窺《うかが》える。

感心したように何度も頷《うなず》く彼女にグレゴリーが優しげな眼差《まなざ》しを向けていたことに、マデリーンは気づかなかった。

二人は次に城壁内に視線を移す。

城壁内の町は碁盤《ごばん》の目状に綺麗に整備されており、目立つのは砦《とりで》へ繋がる三つの幅の広い大通りである。

「あの大通りの真ん中のブロックの色が違うのが分かるだろうか？」

「あら？　そうですわね、他は砂色なのに、真ん中だけ赤味の強い茶色のブロックですね」

大通りには二色のブロックが敷かれていた。砂色のものと、赤茶色のものである。

「あの赤茶色のブロックの部分は、緊急時に馬を走らせる道なんだ。だから、基本的にあの部分は空けておかなくてはならない」

「なるほど。合理的ですわね」

見ていると、確かに人や馬車は横切る以外その道に入ろうとはせず、横切る時も小走りになったりして急いでその場を離れている。それぞれが気を遣っているみたいだ。

「魔物の氾濫《スタンピード》が起きた時、あそこを伝令の馬が走ったり、砦《とりで》に向かったりする」

つまり、あの道は町の生命線の一つなのだろう。

領民もそれをよく分かっているので、あの道をなるべく空けておくよう個々が注意しているのだ。

「……強い町ですわね」

この町に住む全ての住民が、常に命の危険と向き合い、それでもこの地を離れず生きている。

この地に生きる者は、全てが運命共同体だ。

マデリーンは町の人々から声を掛けられるグレゴリーの姿を思い出す。

町の人間全てが戦士達の勝利を信じてこの地で暮らしているのだ。心の距離は他の町の領主達とは比べものにならないくらい近い。

「皆、戦友ですのね」

きっと領民と兵や、グレゴリー達領主一家の繋がりは、その表現が相応《ふさわ》しいだろう。

そんなマデリーンの言葉を聞き、グレゴリーは誇らしげに微笑《ほほえ》んだ。

そうして町の様子を城壁の上から眺め区画の説明をしてもらっていると、兵士が申し訳なさそうに近づいてきた。

「あの、申し訳ありません、グレゴリー様。ちょっと、よろしいでしょうか？」

「ん？　すまない、マデリーン殿。少し外すが、良いだろうか？」

「ええ、大丈夫ですわ。行ってらして」

そうして少しばかり距離を開けて兵士と話すグレゴリーを見ていると、彼の雰囲気が少し苛立《いらだ》たしげなものになる。

醸《かも》し出《だ》されるその迫力に、兵士や護衛騎士達の肩が跳ねたが、マデリーンはしれっとした顔で佇《たたず》んでいた。

何やら護衛騎士から、「マジかよ」と言わんばかりの視線を貰《もら》っているが、それは華麗にスルーする。

気の小さい人達ねと思っていたのだが、苛立《いらだ》つグレゴリーの前で平静でいられる令嬢はそうはいないことを、彼女は気づいていない。

兵士との話し合いが終わり、グレゴリーが戻ってきた。その表情は少しばかり難しげなものになっている。

「すまない、マデリーン殿。今日の町の散策はできれば中止したい」

「あら、なぜですの？」

マデリーンの質問に、彼はほんの少し眉を下げた。

「実は、どうも怪しげな連中が町で見られるようになり、子供や女性が数人行方知れずになっているそうなんだ」

「まあ……」

特に若い女性が狙われているので心配だから屋敷に戻ってほしい、とグレゴリーが言う。

「どこでどう情報がねじ曲がるのか、この町を無法者の町と思って流れてくる悪党が時々いるんだ。そういう連中はとにかく厄介《やっかい》だから、マデリーン殿には安全な場所にいてほしい」

「そうですわね……」

ここでマデリーンが我儘《わがまま》を言いグレゴリー達の手を煩《わずら》わせるのは悪手だ。こういう時の非戦闘員は専門家の指示に従うべきである。

「では、今日のところは帰りましょうか」

「ああ。折角《せっかく》の外出なのに、申し訳ない」

謝るグレゴリーに、マデリーンは首を横に振った。

「いいえ、楽しゅうございましたわ。それに、これきり、というわけではありませんでしょう?」

「ああ。不届き者を捕らえたら、また必ず町を案内する」

その言葉を聞き、にっこりと微笑《ほほえ》む。

「楽しみにしていますわ」

引くべき時は引き、次の機会を待つと言った彼女に、グレゴリーもまた目元を緩ませるのだった。

＊＊＊

「――まあ、そうでしたか。残念でしたね、お嬢様」

湯浴みを終えて寝巻きに身を包んだマデリーンの世話をしながらそう言ったのは、メアリーだった。

ドレッサーの前に座ったマデリーンは、メアリーに髪を梳《くしけず》られている。

「けれど、ベルクハイツ領の城壁に上ったのは良い経験だったわ。あの『深魔《しんま》の森』をこの目で見られるとは思ってても見なかったもの」

グレゴリーとの町の散策が中断され早めに屋敷に戻ったものの、時間があったため、折角《せっかく》なのでと少しお茶をして、この日のデートは終わったのであった。散策の中断は残念だったが、貴重な体験をしたとマデリーンの機嫌は良い。

そして、夕食を一緒にいただいて湯浴みをし、今に至っている。

「『深魔《しんま》の森』ですか……。あんな恐ろしい森を見てそうやって笑える令嬢は、お嬢様くらいでしょうねぇ……」

敬愛する主《あるじ》の肝《きも》の太さをしみじみと感じ、メアリーは遠い目をした。

「何言ってるの。アレッタはその『深魔《しんま》の森』に行って魔物を狩り、魔物の氾濫《スタンピード》の鎮圧にも参加したことがあるのよ。遠目に見るくらい、なんてことはないわ」

「戦闘訓練を受けたご令嬢と一緒にしないでください」

しれっと言い放つマデリーンに、メアリーは困ったような声で否定する。

マデリーンはそうだろうかと小首を傾《かし》げつつも、取りあえず話題を変えることにした。

「それで、メアリーのほうはどうだったの？　グレゴリー様に関して、いろんな方からお話を聞いてくると言ってたじゃない」

「あ、はい。そうですねぇ……」

するとメアリーは、何かを思い出すような仕草で話し出す。

「ええっと、まずはベルクハイツ家の方々なんですが、普段は意外と温厚みたいです。長男のゲイル様と次男のバーナード様はもう結婚されていて、別邸で暮らしておいでだそうです。昨日の晩餐《ばんさん》は、マデリーン様のことが気になってこちらにいらしたようですよ」

「あら、そうなの？　将来の義兄《あに》君達の評価が気になるわね」

くすくすと笑うマデリーンに、メアリーは苦笑した。

「それから、三男のディラン様は未婚だそうで、皆さん最初はお嬢様と婚約するのはディラン様だと思っていたそうですよ」

「まあ」

そう言われ、マデリーンは晩餐《ばんさん》で会ったディランを思い出す。

ディランは武門のベルクハイツ家の男らしく体格の良い青年だったが、他の兄弟よりは少し線が細く、多少迫力はあれど顔は女性が好みそうな整い方をしていた。

「ですが、ベルクハイツ夫人がグレゴリー様のほうがお嬢様と相性が良いだろうと仰《おっしゃ》ったそうで、それでグレゴリー様がお嬢様の婚約者になったそうです」

「そうだったの……」

それを聞き、マデリーンはグレゴリーによって引き起こされた心臓の跳ね具合を思い出す。相性が良いというより、彼は心臓に悪い御仁《ごじん》である。それが相性が良いと言うのだ、というツッコミは受け付けない。

「ちなみに、グレゴリー様は誠実で真面目なお人柄とのことです」

そう言い、メアリーが何かを思い出したかのようにくすり、と笑った。

「なぁに？　笑っちゃって、どうしたの？」

「いえ、それが……」

マデリーンの質問に、笑いながら答える。

「お嬢様との婚約が決まってから、グレゴリー様は暇があればマナーブックを読んだり、淑女のエスコートの仕方を勉強なさっているそうですよ」

「まあ……」

何やら女心をくすぐる可愛らしい情報が出てきたぞ、とマデリーンは頬を緩めた。

「あのアレッタ様のお兄様ですし、良い方なのではないかと思います」

「そうねぇ……」

少なくとも、マデリーンの心を揺らす人であることは間違いなかった。

第四章

ベルクハイツ領に着いて三日目の朝は、清々《すがすが》しいものだった。

空は晴れ渡り、小さく聞こえてくる小鳥の声が愛らしい。

「ここにも小鳥がいるのね……」

なんとなく、か弱いものがいないイメージのある領なだけに、目覚めたばかりのぼんやりした頭でマデリーンはそう呟《つぶや》く。

程《ほど》なくしてメアリーがやってきて、朝の支度を整えながら告げた。

「今日は魔物の間引き作業があり、グレゴリー様は午前中、お屋敷におられないそうです。代わりに、朝食をご一緒したいとのことでした。それから、午前中にベルクハイツ夫人からお茶のお誘いがありました」

「あら、そうなの？」

どうやらグレゴリーはなかなか休みを取るのが難しいらしく、午後からしかマデリーンの相手ができないようだ。

「朝食はもちろんご一緒したいわ。それから、お茶のほうもぜひ出席させていただくわ」

「かしこまりました」

グレゴリーと朝食を共にするのは全く問題なく、むしろ短時間でも顔を合わせようとする姿勢が好ましい。

そして、将来義理の母となるベルクハイツ夫人とは、できる限り仲良くしておきたいと思うのが人情である。

メアリーはその旨《むね》を知らせるのを他の使用人に任せ、マデリーンの支度に集中した。

そうして支度を終えると、マデリーン達は食堂へ向かう。

食堂の扉の前には既《すで》にグレゴリーが待っており、マデリーンの姿を認めて、目をほんの僅《わず》かに柔らかく細めた。

「おはよう、マデリーン殿」

「おはようございます、グレゴリー様」

挨拶《あいさつ》をした後、自然に彼はマデリーンの手を取り席までエスコートする。椅子まで引いて座るよう促《うなが》した。

「え、あの、グレゴリー様」

「すまない、ここに座ってほしい。君の顔を正面から見ながら食事をしたい」

なんという恐ろしい男だろうか。朝っぱらから爆弾が投げ込まれ、マデリーンは頭が真っ白になった。

しかし、反射的に淑女の礼を返し、どうにか微笑《ほほえ》んで席に着くことに成功する。この時ほど染みつくほどに身につけた淑女教育に感謝したことはない。

そしてグレゴリーがマデリーンの前に座り、食事が運ばれてきた。どうやら、他のベルクハイツ家の方々はこの食堂へは来ないらしい。

食前のお祈りをした後スープを口にしたマデリーンに、グレゴリーがおもむろに告げる。

「今朝は、家族には遠慮してもらった。貴女《あなた》は明後日《あさって》には王都へ帰ってしまうから、二人きりで食事をしたくてな」

マデリーンは噴くかと思った。

ちょいちょい前触れもなく、少しも隠すことをせずに好意を伝えてくるとは、なんて恐ろしい男なのか。

駆け引きに向かない性格をしているせいか、いつも直球なのだ。

「その、嬉しいですわ……」

まあ、彼の気持ちは勘違いしようもなく十分伝わり悪い気はしないので、素直に受け取った。しかし、次の瞬間、再び内心で叫ぶことになる。

「顔を見るだけでこんなに幸せな気持ちになるのは初めてかもしれない。ありがとう、マデリーン殿」

珍しく口角まで上がった彼の笑顔に、彼女は固まった。

だから！　どうして！　そんな！　不意打ちをするの!?

「君が明後日《あさって》帰ってしまうのが残念だ。その、手紙を出しても良いだろうか？」

「は、はい。大丈夫です」

心臓が早鐘みたいに打っているのを感じながら、鉄壁の淑女の微笑《ほほえ》みを浮かべて頷《うなず》く。

「できる限り貴女《あなた》に会いたいし、声を聞かせてほしい。都合がついたら、会いに行っても良いだろうか?」

「ええ、もちろんですわ」

グレゴリーはマデリーンのその返事を聞き、またしても照れくさそうに目を細めた。

「本当に、こんなに誰かに夢中になることは初めてだ。なんだか、照れくさいな」

「……っ!?」

心臓が鳴く。

何か、キュン、て音がしたわ、とマデリーンは微笑《ほほえ》みの仮面の下で動揺した。

そうして食事の間中、好意という名の攻撃を受け続け、疲労困憊《こんぱい》で朝食を終える。

しかし、彼女の一日は始まったばかりだった。

＊＊＊

「――あの方、ちょっと素直すぎないかしら」

ベルクハイツ夫人とのお茶会のために身嗜《みだしな》みを整えている時、マデリーンはメアリーに愚痴《ぐち》とも惚気《のろけ》とも取れる言葉をこぼした。

「そうですねぇ。けど、恋の駆け引きだなんだと言って、無駄に女性を不安がらせる男よりはよっぽど素敵だと思いますよ」

微笑《ほほえ》ましげに相槌《あいづち》を打つメアリーに、マデリーンは唇を尖らせる。

「言葉を飾らないどころか、豪速球で好意をぶつけてくるのよ？　受け止めきれないわ」

しかもそれが本音であると分かるから、質《たち》が悪い。

「でも、お嫌ではないのでしょう？」

「……まあ、そうね」

嫌ではないが、ペースを崩されるのが困る。

「お嬢様はプライドが高くていらっしゃいますから、うっかりして醜態《しゅうたい》をさらしたくないのですよね？」

「そうよ！　このまま平常心を乱されれば、どんなことになるか分かったものじゃないわ！」

マデリーンとしては、完璧な淑女であり続けたいのである。しかしメアリーは、その淑女の仮面が取れた先がきっと本番だ、と思っていた。

「きっと砂糖漬けにされますね」

「は？」

――グレゴリーがまだ本気を出していないことを、マデリーンは知らない。

＊＊＊

さて、朝食の後は、ベルクハイツ夫人とのお茶の約束である。

マデリーンが案内されたのは、美しい薔薇《ばら》園にひっそりと建つガゼボだった。鳥籠《とりかご》を連想させる繊細《せんさい》な作りのそれに、マデリーンは感嘆の溜息《ためいき》をこぼす。

「ようこそ、マデリーン様」

「お招きいただき、ありがとうございます。ベルクハイツ夫人」

そのガゼボにいるのは、年齢不詳の美貌《びぼう》の女性、ベルクハイツ夫人である。

そして、その場にはもう一人飛び入りの参加者がいた。

「こんにちは、マデリーン嬢。突然ですが、私もお茶会に参加しても良いですか？」

「ええ、もちろん大丈夫ですわ、ディラン様」

それは、ベルクハイツ家三男のディランだ。彼はベルクハイツ家の男らしく武人の体つきをしているが、受ける印象が華やかで、他の兄弟よりも母親の血を濃く引いているように思える。

そうして和《なご》やかにお茶会は始まった。

「マデリーン様、昨日は町に行かれたそうですけど、グレゴリーはちゃんとエスコートできていたかしら？」

「ええ、とても紳士的にエスコートしてくださいましたわ。城壁へ連れていってくださって、『深《しん》魔《ま》の森』も遠目ですが見せていただきましたし、町のことも詳しく教えていただきました」

マデリーンとしてはなかなか充実したデート内容だったのだが、ベルクハイツ夫人とディランは複雑そうな顔で微笑《ほほえ》む。

「あいつも、もうちょっとロマンチックな場所に案内すれば良いのに……」

ディランのぼやきが、その表情の答えだ。

「それに、妙な連中が町に紛れ込んできたせいで中断することになったとか。すみません、すぐに潰《つぶ》――捕まえますから、懲《こ》りずにあいつとまた出掛けてやってくださいね」

何やら潰《つぶ》すと聞こえたが、気のせいだろうか？

綺麗な笑みを浮かべたディランに、マデリーンも「もちろんですわ」と美しい笑みで返した。

そんな二人を見て、ベルクハイツ夫人が苦笑する。

「どうしたのですか、母上」

「ふふ……。いえ、やはりマデリーン様との婚約はグレゴリーにしておいて良かったと思ったのよ」

ディランの問いに、夫人は微笑《ほほえ》みながらそう返した。

マデリーンは目を瞬《またた》かせる。ディランが片眉を上げてどういうことか、と視線で母に言葉を促《うなが》した。

「マデリーン様との婚約は、最初はディランとどうかという話だったのよ。それは知っているわよね？」

「はい、知ってますが……」

ディランが首を傾《かし》げ、ベルクハイツ夫人は仕方がなさそうに目を細める。

「確証があったわけではないのだけど、多分、貴方が相手では『仲の良い夫婦』止《ど》まりになりそうだと思ったのよ」

「は？」

それのどこがいけないのかと言わんばかりに眉をひそめるディランに、夫人が再び苦笑する。

「私としては、『他の人間が入り込む余地がないくらい愛し合っている夫婦』になってほしかったの」

そうして、意味深にマデリーンに微笑《ほほえ》みかけた。

マデリーンは朝食時に見たグレゴリーの笑顔を思い出し、ギシリと固まる。赤面しなかったことを褒《ほ》めてほしい。

そんな彼女の様子には気づかず、ディランはなるほど、と頷《うなず》く。

「まあ、確かにそういったことならグレゴリーのほうが良いかもしれませんね」

「別に貴方が悪い、っていうことではないのよ？　ただ、貴方は私に似たから、マデリーン様とは根底の部分で似た者同士になってしまいそうで……」

そう言って、ベルクハイツ夫人は苦笑を深める。

「気の合う友人にはなれても、愛し合う夫婦になれるかしら、と心配になったの。だって、二人共、貴族である自覚と誇《ほこ》りがあるでしょう？」

そう言われ、マデリーンとディランは目を瞬《またた》かせ、思わず顔を見合わせた。

そんな二人に、ベルクハイツ夫人は微笑《ほほえ》む。

「ふふ。実はね、ディランを除く我がベルクハイツの男達は貴族という地位をそれほど重視していないのよ。もちろん、地位に付随する責任に関してはしっかり自覚しているのだけど、『貴族』であることにこだわりはなく、ただこのベルクハイツ領を守り栄えさせていることに誇《ほこ》りを感じているだけなの」

そういうことか、とマデリーンは納得の意を示す。ディランは普段からそう感じているらしく、特に目立つ反応は見せなかった。

「ディランは他の兄弟よりも頭が回るし、色々と視野が広いものだから、私のような普通の貴族の感覚も身につけているでしょう？　そうすると、『普通の貴族の夫婦』になれてしまうのよね」

それが悪いわけではないが、このベルクハイツ領では困るのだと夫人は語る。

「ここは命の危険がつきまとう地であるから、とにかく絶対に生きて帰ると思える楔《くさび》が多ければ多いほど良いのよ。そしてその楔《くさび》は、家族や伴侶、恋人といったものが良いわ。生き残るための活力になるもの」

それにディランは大いに頷《うなず》き、納得の意を示した。

「今回のマデリーン様との婚約は、グレゴリーのほうが相性が良さそうだと思ったのもあるけれど、できればディランには自分で伴侶を選んでほしいの。政略結婚だと、貴方の場合、すんなり仮面夫婦ができてしまいそうで怖いのよ」

「そういうことでしたか……」

ディランはベルクハイツ夫人の気遣いに、気恥ずかしそうに頬を掻《か》いた。そして、マデリーンに向き直る。

「まあ、マデリーン嬢。これから義兄《あに》として、どうぞよろしくお願いします。母の目は確かだったようですし」

そう言って悪戯《いたずら》っぽく微笑《ほほえ》んだ。

「どうにも、我が弟は貴女《あなた》にベタ惚《ぼ》れみたいなので」

マデリーンはプライドに懸けて赤面することを堪え、ディランの言葉に、にっこりと微笑《ほほえ》みを返す。

「光栄ですわ」

しかし、内心、大いに動揺していることは、輝く笑みを浮かべているベルクハイツ夫人には、どうやらバレているようであった。

その後、ベルクハイツ夫人とのお茶会は和《なご》やかに進む。最終的には、マデリーンはベルクハイツ夫人に「お義母《かあ》さまって呼んでちょうだい」と言われ、夫人には「マデリーンさん」と呼ばれることになった。

「『お義母《かあ》さま』はまだ流石《さすが》に早いんじゃないですか？」

「そうかしら？　グレゴリーが逃がすわけがないから、今からそう呼んでもらっても良いと思うのだけど」

逃がさないって何と思いつつも、マデリーンはその疑問は口にせず、微笑《ほほえ》みを浮かべるにとどめる。

そうしてお茶会は、両者の関係を良好なものにして終わった。

最後に昼食を一緒にどうかとディランに誘われたが、それにはベルクハイツ夫人が待ったをかける。

「まあ、それは少しお待ちなさいな。私も昼食をご一緒したいけれど、グレゴリーが頑張って早めに帰ってくるかもしれないわよ」

「あー……いや、無理ですよ。今日は深部には行きませんが、確か、中程まで行くと言ってましたから」

ディランが首を傾《かし》げつつ往復時間を計算して、無理だと告げた。

「あら、そうなの？　それは可哀そうに……」

「私が代わってやれれば良かったんですけど、私も出ずっぱりでしたからね」

ディランとしては折角《せっかく》マデリーンが来ているのでグレゴリーの仕事を代わってやりたかったのだ。

しかし、ディラン達の仕事は命懸けの肉体労働である。休める時に休まなければ、死が待っている。

「やはりお忙しいんですか？」

小首を傾《かし》げるマデリーンに、ディランは頷《うなず》く。

「当主がいないと色々と心配で、やらなければならない小細工が増えるので、忙しいですね」

「旦那様と息子達では、旦那様のほうがお強いのよ。その旦那様が不在だと、町の住人が不安がるの。だから、こまめに『深魔《しんま》の森』の間引きを行うのよ」

どうやら間引き作業はデモンストレーションの意味もあるらしい。

「旦那様がいれば間引き作業は格段に減らせるのだけど……」

「ただ、間引き作業を減らすと魔物の氾濫《スタンピード》が増えるんですよね……」

どちらが楽かと問われると、変わらない、というのが戦場に実際に立つディランの感想だった。

それでも間引き作業を行ったほうが魔物の氾濫《スタンピード》が小規模で済むので、間引き作業の回数を増やすことを検討しているそうだ。

「間引き作業と魔物の氾濫《スタンピード》での怪我人の人数と重傷度を比べて、間引き作業を行ったほうがマシという結果が出ましたしね」

肩をすくめてそう言った彼は、小さく溜息《ためいき》をついた。確かにお疲れ気味のようである。

結局、グレゴリーは帰って来ず、マデリーンはベルクハイツ夫人とディランと共に昼食をとった。

その日、グレゴリーが屋敷に戻ってきたのは食事が終わって、マデリーンが部屋へ戻る途中のことだ。

ちょうど帰ってきたばかりの彼と、マデリーンは廊下で鉢合わせしたのである。

「あら、グレゴリー様」

「あ、マ、マデリーン殿」

鉢合わせしたグレゴリーは明らかに、しまったと言わんばかりの表情をしていた。

「も、申し訳ない……。このような格好で……」

恥ずかしそうに視線を逸《そ》らす彼の格好は、随分《ずいぶん》とラフなものだ。

飾りけのないシャツとベスト、黒のズボンに同色の上着をひっかけて、髪の毛はしっとりと濡れている。初対面の時から推測するに、汚れを落としてきたのだろう。髪が濡れているので、乾かす時間すら惜しみ急いで帰ってきたのだと分かる。

着崩されたシャツのボタンが三つほど開いている。そこから見える逞《たくま》しい筋肉から目を逸《そ》らしつつ、マデリーンは微笑《ほほえ》んだ。

「お気になさらないでください。急いで帰っていらしたのでしょう？」

「はい……。そうです」

グレゴリーを気遣い、なるべく穏やかに話す。

「ですが、そのままでは風邪をひいてしまいますわ。きちんと髪を乾かして、もう少し暖かい格好をしてくださいね」

「……申し訳ない」

恥ずかしそうに、小さく縮こまる男が可愛い。

だが、そんな彼の様子とは対照的に妙に色気を感じる胸筋を、ぜひとも隠してほしいと思った。

まさか、男の胸元に色気を感じる日が来るとは予想もしていなかったマデリーンである。

微笑《ほほえ》みの仮面の裏で割と脳内が大変なことになっていた彼女は、グレゴリーが支度を整えた後で共に過ごす約束をして別れた。

そして、部屋に戻って呟《つぶや》く。

「抱きついたらどんな感じなのかしら……」

そして、なんてはしたないことを、と真っ赤になった。

思えばグレゴリーには初対面の頃から色んな意味でペースを崩されっぱなしである。

彼が迎えに来るまでに落ち着かなくては、と聖書を取り出して心頭滅却《めっきゃく》すべく読み始めるものの、煩悩《ぼんのう》はなかなか去ってはくれない。

「なんてこと……！」

とんだ破廉恥《はれんち》娘になってしまった。

混乱する頭でひたすら両親と神に心の中で懺悔《ざんげ》する。

しかし、もし誰かがマデリーンの心中を知ったなら、こう言っただろう。

惚《ほ》れているんだから仕方ないんじゃない？　と。

第五章

さて、マデリーンが己《おのれ》の煩悩《ぼんのう》と戦っているちょうどその頃、グレゴリーと入れ替わるようにディランが午後の仕事へ向かっていた。

彼の午後の仕事は、お茶会でもちらっと話に出た、ならず者に関することだ。

砦《とりで》に着き、まず長兄のゲイルのもとへ向かう。

ゲイルの執務室の扉をノックすれば、入れ、と言う声が聞こえる。

「ゲイル兄上」

「ああ、ディランか。ご苦労。ちゃんと体は休めたか？」

ゲイルは執務机に座り、書類と格闘していた。父とよく似た面差《おもざ》しの長兄に、ディランは微笑《ほほえ》んで頷《うなず》く。

「ええ、もちろんです。マデリーン嬢とお茶をご一緒しましたよ」

「ふむ。それは、グレゴリーが嫉妬《しっと》しそうだな」

苦笑しつつそう言うゲイルに、ディランも笑う。

「そうですね。けれど、もし嫉妬《しっと》したらそれをネタに揶揄《からか》ってやりますよ」

「程々《ほどほど》にな」

そこでその話を打ち切り、ゲイルは机から書類の束を取り出す。

「これがごろつき連中の情報だ」

渡された書類をよく読み込み、ディランは眉間《みけん》に皺《しわ》を寄せた。

「なんですか、この連中。ブムード国から流れてきたんですか？　なんとまあ、遠くから来たものですね」

ブムード国とは、ウィンウッド王国の隣国で、大河を挟んだ向こうの国である。その大河は魔物が潜《ひそ》むなかなか厄介《やっかい》な河なのだが、それを渡ってきたというのだからご苦労様なことである。

「わざわざ我が領に来ずに、隣国でうろついていれば良いものを……」

忌々《いまいま》しげに呟《つぶや》くディランに、ゲイルが苦笑する。

「まあ、面倒ではあるな。ぜひ、奴らの国元で解決しておいてほしかった」

「まったくです」

ディランは母親に似て腹が黒く、感情をあまり表に出さない。しかし、なぜかゲイルには弟として甘え、素直に不満を口にし、ころころと表情を変える。

これが相手がアレッタとなると、格好良い兄であろうと振る舞うのだから面白い。

「本当にタイミングが悪いな。領主たる父上がいないと手続きが滞《とどこお》るし、マデリーン嬢を外に出せない」

「そうですね……。このならず者達、面倒な人数らしいじゃないですか。一気に叩《たた》き潰《つぶ》したいところですが、隣国から逃《のが》れてきただけあって、頭が回りそうですよ」

ディランが秀麗な顔に面倒臭そうな感情を乗せると、ゲイルも溜息《ためいき》をつく。

いくら内務のほとんどを領主夫人である母が受け持とうと、領主の判断を仰《あお》がなければならない案件は出てくる。アウグストの不在で、仕事の幾《いく》つかがスムーズに終わらない。そんな時に、このならず者達の騒ぎである。ストレスが溜まることこの上なかった。

「屋敷にずっといてもらうのもつまらないだろうし、安全面だけなら早めに王都へお帰りいただくのが安心なんだが……」

「そういえば、あの学園、休みは簡単に取れますが、申請した日数を超えて休むと五月蝿《うるさ》い人がいましたね」

ベルクハイツ子爵家の子息として国立学園に通っていた二人は、過去を振り返り苦い顔をする。

「天候のせいで一日遅れで戻った時は、本当に面倒だった」

「忘れもしませんよ、あのマドック・クロスビー教諭の厄介《やっかい》さは。とても面倒な性格をしていらっしゃるのに、派閥を作るのがお上手で……」

顔を見合わせ、兄弟揃《そろ》って溜息《ためいき》をつく。

マドック・クロスビー教諭とは、学園の普通科で歴史学を教える教師である。普段は多少世渡り上手のどこにでもいる教師なのだが、規則を破ると、待っていましたとばかりにとても面倒な教師に早変わりするのだ。

「こちらにはどうしようもないことで規則を破らざるを得なかった時でも、ちくちくと嫌味を言うし、罰の重さが絶妙な塩梅《あんばい》で、他より重めなのに訴えるほどでもなくて……」

「武人ではないから、こちらも色々気をつけざるを得ず強く出れなかったしな……」

多感で未熟だった二人は理不尽を感じ、多大な覇気《はき》を纏《まと》って睨《にら》みつけそうになったものだ。だが、武人でもない人間にそんなことをすれば、相手は失神の上に失禁しかねない。それは流石《さすが》にやりすぎなので、我慢していた兄弟である。

「確か、母上関係でベルクハイツ家を嫌っているんだったか」

「若い頃、母上争奪戦で父上に負けたそうですよ。まあ、あの程度では箸《はし》にも棒にもひっかからなかったでしょうが」

ゲイルの疑問に、ディランがさっくりと情報を渡す。なんで知ってるんだろうと思いつつ、ゲイルはしみじみとディランは母親似だと感じた。

クロスビー教諭は己《おのれ》の恋敵であったアウグストを恨み、学園の教師となってからはチクチクとアウグストの子供達につまらない嫌がらせをしているのだ。

「マデリーン嬢もグレゴリーの婚約者になったからな。あの人に目をつけられるかもしれん」

「あー、それはあり得ますね……」

面倒だなぁ、と言わんばかりに二人は遠い目をする。

「そういえば、クロスビー教諭には天敵がいましたね」

「ああ、バーナードだな」

ベルクハイツ家の無邪気な脳筋である。とにかく無邪気すぎて悪意に鈍感であり、遠回しの嫌味は通じず、全てを筋肉で解決する男である。

それ故《ゆえ》にクロスビー教諭の嫌味は通じず、罰則はそういうものかと疑いもせずにこなし、カラッとした気持ちのいい笑みのまま卒業していった。まさに暖簾《のれん》に腕押し、糠《ぬか》に釘。これっぽっちも手応《ごた》えがない。そのせいか張り合いをなくしたクロスビー教諭は、バーナードに嫌がらせをするのを諦《あきら》めていた。

「まあ、その分鬱憤《うっぷん》晴らしだとばかりに私に突っかかってきて、本当に鬱陶《うっとう》しかったですよ」

「あー……」

しかし、やられっぱなしではいないのがディランである。実はクロスビー教諭の弱みを幾《いく》つか握っていることを教諭自身は知らない。

「面倒なことになりそうなら、マデリーン嬢には色々と教えてあげなくてはいけませんね」

積年の恨みを晴らされる日は近いかもしれなかった。

「まあ、マデリーン嬢は公爵令嬢で、何より女性です。私達のようになる確率は低いですね。アレッタも、父上の面影《おもかげ》など欠片《かけら》もない女の子ですから、大丈夫だと思っていました。実際に何事もないようですし」

「まあ、そうだな」

ベルクハイツの兄達は、末っ子のアレッタにクロスビー教諭のことを話してはいない。

隙あらばみみっちい攻撃をしてくる面倒な男ではあるが、教師としては真面目で紳士として振る舞っていたので、アレッタに何かする可能性は低いと考えていたのだ。下手にクロスビー教諭に気をつけるよう話したことでアレッタの行動に影響し、逆に目をつけられることになっては困ると、情報を渡すのは躊躇《ためら》っていたからでもある。

「まあ、クロスビー教諭程度、いつでもどうとでもできますし、あれくらいの悪意はアレッタなら流せそうでしたから」

「ああ、まあ、心配ではあったが今回は教えずにいて良かったな」

悪意ある者の存在を教えないのは普通は悪手だが、クロスビー教諭は面倒な人物ではあれ、所詮《しょせん》小物。その程度の人間の悪意、アレッタならシレッとした顔で流せてしまう。それに、妹に惚《ほ》れ込《こ》んでいるフリオの存在があったため、大丈夫だろうとディランは踏んでいた。

「万が一、マデリーン嬢に突っかかっていったとしても彼女も上手く捌《さば》いてくれそうですね。――まあ、この話はここまでにしましょう。それで、兄上。このならず者達、どうしますか？」

そう言って、ディランは面倒臭い教師の話を打ち切る。

「ああ、一か所に集まっているところを一気に叩《たた》きたいが、どうにも幾《いく》つかに分かれているらしいからな……」

ゲイルが眉間《みけん》に皺《しわ》を寄せ、溜息《ためいき》をついた。

「俺達は『深魔《しんま》の森』の対処が最優先の仕事だしな……。父上がいてくだされば、父上に『深魔《しんま》の森』を頼んで、俺達はこちらに集中できるんだが」

難しい顔をする彼に、ディランが軽く肩をすくめる。

「まあ、いないものは仕方がありませんよ。他に手を考えましょう」

「そうだな」

そうして相談していると、にわかに廊下のほうが騒がしくなり、部屋の扉が派手な音を立てて開いた。

――バァァァーン！

「兄上！　只今《ただいま》戻ったぞ!!」

血まみれの姿で執務室に入って来たのは、バーナードだ。遠くのほうから彼の部下だろう人間の声が聞こえるが、ヘロヘロに疲れ果てていて、哀れを感じる。恐らく、疲れて帰ってきたのに、一人元気いっぱいのバーナードがシャワーも浴びずに砦内《とりでない》を闊歩《かっぽ》し始めたので、慌てて追いかけたが追いつけなかったのだろう。

「バーナード兄上、血まみれで砦《とりで》をうろつかないでください」

眉間《みけん》に皺《しわ》を寄せてディランが小言を言うが、バーナードは気にした様子もなく、快活に見逃せと言って流した。

「それで、どうした。いつもは奥方の言いつけを守ってちゃんと汚れを落とすのに」

苦笑してそう尋ねるゲイルに、よくぞ聞いてくれたとばかりに破顔する。

「いや、実はな、『深魔《しんま》の森』で小型のクリスタルドラゴンとかち合ってな」

「は？」

「なんですって!?」

『クリスタルドラゴン』――それは、その名の通り全身がクリスタルでできているドラゴンのことである。ゴーレムの一種ではないかとも言われており、その身のクリスタルは恐ろしく透明度が高く、硬い。そして、魔物の中でも五本の指に入るくらい美しかった。

しかし、その硬度故《ゆえ》に狩るのが難しければ、遭遇するのも珍しい。もし狩れたなら三代先まで遊んで暮らせると言われるほど高値がつく魔物でもある。

そのクリスタルドラゴンと遭遇したと聞き、ゲイルとディランは驚愕《きょうがく》する。

「そ、それで、そのクリスタルドラゴンはどうしたんですか!?」

勢い込んで尋ねるディランに、バーナードは朗《ほが》らかに答えた。

「狩った！」

ディランの目がギラリ、と光る。

「それで、獲物はどこに？」

「第三解体倉庫だ！　本当はもう少し間引きを行うはずだったんだが、皆がクリスタルドラゴンを持って歩くのを怖がってな！　早めに引き上げてきた！」

とんでもないお宝を引《ひ》っ提《さ》げて、まだ『深魔《しんま》の森』の中をうろつこうとしたバーナードを止めた部下の判断は正しい。

彼らの心労が手に取るように分かり、長男と三男は申し訳ない気持ちになった。

「それでまあ、珍しい品なので報《しら》せに来たのだ！」

「なるほど」

「それなら、早速見に行きましょう」

ディランが勢いよく立ち上がり、ゲイルもそれに続く。そうして三人で連れ立って歩いていると、不意にバーナードが口を開いた。

「ところでだな、最近町に厄介《やっかい》な連中が紛れ込んだんだろう？」

「ああ、そうだな」

先程までその相談をしていた、とゲイルが頷《うなず》く。

「思ったんだが、今回のクリスタルドラゴンでそいつらを釣《つ》ることはできないだろうか？」

そう言われ、ゲイルとディランは思わず足を止めてバーナードの顔をまじまじと見つめる。

バーナードがどうした？　と首を傾《かし》げ、ディランは大きく溜息《ためいき》をつき、肩を落とした。

「これだから、バーナード兄上は嫌なんです……」

「んん？」

ディランの理不尽な言いように、バーナードが疑問符を飛ばす。

「頭を悩ませてると、ポン、と簡単に解決策を投げ込んでくるんですから」

「あー……」

「なんだ？　どういうことだ？」

ゲイルが困ったように苦笑し、バーナードはわけが分からないといった顔をした。

昔からバーナードは運が良い。まるでタイミングの神に愛されているのでは、という頻度で、困っている人間にポンと解決に繋がる何かしらをもたらすのである。

ディランは妙な脱力感を覚えつつも、それを吹っ切ろうと頭を一つ振り、再び歩き出す。兄達もそれにつられて歩き出した。

「それで、クリスタルドラゴンで連中を釣《つ》るんだったたか？」

「おう、そうだ！　確か、アレは目玉が飛び出るほど高いんだろう？　ならず者なら、多少無理してでも欲しがりそうじゃないか」

それにディランも頷《うなず》き、ゲイルに提案する。

「これは一網打尽にするチャンスですよ、兄上」

「ああ。——よし、それで策を練《ね》るぞ」

長兄の号令に、弟達は応、と答え、第三解体倉庫の前で足を止めた。

倉庫の中には、飛竜よりは小さいが、確実に小山くらいの大きさはある夢みたいに美しいクリスタルドラゴンの躯《からだ》が鎮座していた。

＊＊＊

ベルクハイツの兄弟三人がクリスタルドラゴンを前に策を練《ね》っている頃、マデリーンはどうにか煩悩《ぼんのう》を振り払い、落ち着いた心持ちでグレゴリーを迎えた。

「すまない、待たせてしまって……」

「いいえ、大丈夫ですわ」

にっこりと淑女の微笑《ほほえ》みを浮かべて出迎えた彼女にグレゴリーもホッとしたのか、目元を柔らかく緩ませる。

彼の格好は、先程鉢合わせした時のものとは違い、程々《ほどほど》に上等な仕立ての服だった。ほぼ黒に近い紺色《こんいろ》の上下に、ベストも同じ色の布地で、白いシャツのボタンはもちろん閉じている。

色気がしっかり封印されていることにマデリーンは安堵《あんど》した。

そう、色気はしっかり封印されている。しかし、別の罠が待ち構えていることを、この時のマデリーンは知らなかった。

テラスでお茶をしながら話でもという誘いに、彼女は頷《うなず》く。

そして、移動しようと彼が後ろを向いた時、マデリーンの脳裏に衝撃が走った。

待って。待ってちょうだい……

マデリーンの心は乱れた。

落ち着かなければと思うものの上手くいかず、焦《あせ》りながらも心を乱す原因から目を離すことができない。

彼女がついうっかりガン見している視線の先。そこには、ちょこん、と髪が一房あらぬ方向へ飛びはねているグレゴリーの後頭部があった。

はっきり言えば、貴族の子弟の身嗜《みだしな》みとしては落第点だ。だが、マデリーンの胸は高鳴り、脳内が段々と騒がしくなる。

端的に言って、何あれ可愛い、と感じた。

そう思ったら、もう駄目だ。

察しが良いマデリーンは、きっと急いで乾かしたんだろうなとか、慌てたから気づかなかったんだろうなとか、分かってしまい、胸に堪《こら》え難《がた》い思いがこみ上げる。

これをとある世界では『萌え』というのだが、残念ながらこの世界にはその概念はない。

そんなこみ上げてくるジタバタしたくなるそれは、優秀な頭脳に導かれ、彼が急いでいたのも慌てていたのも自分に早く会いたいがためなのだという結論に至る。

己《おのれ》の察しの良さで己《おのれ》を追い詰《つ》めるはめになったマデリーンは、できるなら今すぐベッドに突っ伏して転げ回りたかった。

しかし、山より高いプライドがそれを許すはずもなく、彼女は淑女にあるまじき根性で脳内のお祭り騒ぎを捻《ね》じ伏《ふ》せる。

そうして、グレゴリーに気づかれないように小さく深呼吸し、淑女の微笑《ほほえ》みを浮かべた。

「グレゴリー様、すみません、ちょっとよろしいかしら」

「ん？」

こちらを向いたグレゴリーに、そっと手を伸ばす。

そして、ほっそりとしたマデリーンの指がグレゴリーのはねた髪に優しく触れた。

「ここ、はねていらっしゃいますわ」

彼女の口調に、彼は目を丸くする。まるで彼女の指から逃《のが》れるかのように、素晴らしい瞬発力で一歩下がった。

それに驚いたのはマデリーンだ。嫌がられたのかしら、と心配になる。けれど、その不安は一瞬で吹き飛ばされた。

グレゴリーの顔が、真っ赤になっていたのだ。

「あ、す、すまない！」

失礼な態度を取ってしまったと謝る彼に、マデリーンは戸惑《とまど》いながらも謝罪を受けとる。

「あの、ごめんなさい。私、馴れ馴れしかったかしら？」

なんとなく照れているんだろうなというのは察したが、少し心配になった。もっとも、すぐにこれはちょっと失敗だったと後悔することになる。

グレゴリーは真っ赤になった顔を逸《そ》らしつつ、口元を手で隠して呻《うめ》く。

「いや、マデリーン殿は何も悪くない。——その、マデリーン殿から触れてもらったのは初めてで、顔の距離が、いつもより近かったので……」

「っ⁉」

ボソボソと小声で告げられた内容に、マデリーンは爆発しそうになった。

何、この人！　どれだけ私を追い詰《つ》める気⁉

騒がしい内心を必死になって押し殺し、鉄壁の淑女の仮面を被って目の前の途轍《とてつ》もなく可愛い男に告げる。

「そ、それなら良かったですわ」

……声が裏返った。

残念ながら、淑女の仮面は連続して与えられた衝撃で脆《もろ》くなっていたらしく、動揺を隠しきることができない。

思わぬ失態に、マデリーンも口元に手を当て、グレゴリーから視線を逸《そ》らして赤くなる。

ふいに覗いた年頃の女の子の素顔に、グレゴリーはまじまじとマデリーンを見つめた。その視線に気づいたマデリーンは益々《ますます》縮こまり、頬の赤味が増す。

「あの……、そんなに見ないでくださいませ……」

「あ、いや、すまない……」

小さな苦情に、グレゴリーは未だに赤味を残した頬に微《かす》かに少年のように晴れやかな笑みを浮かべた。

「あまりにも、可愛らしかったもので」

マデリーンは可愛いのはお前だ！　と叫びたいのを堪《こら》え、ちょっぴり涙目になってグレゴリーを睨《にら》みつける。

けれどすぐに、このまま睨《にら》んでいても仕方がないと気持ちを切り替えた。少し待っていてほしいと告げ、部屋に戻ってメアリーに櫛《くし》を持ってくるように頼む。

なぜ櫛《くし》？　と不思議そうなメアリーからそれを受け取ると、再び淑女の仮面を被り直して、部屋の外で待っていたグレゴリーに言った。

「さ、グレゴリー様。後ろを向いてくださいませ」

「え」

彼はマデリーンが櫛《くし》を持っていることから髪を整えてくれるつもりなのだと察しはしたが、まさか彼女自ら整えてくれるとは思いもしなかったらしい。一言漏らして目を丸くする。

「グレゴリー様？」

「あ、は、はい」

再度促《うなが》され、慌てて従った。

素直に後ろを向いたばかりか、少し膝《ひざ》を折ってマデリーンが髪を整えやすい体勢を取ったグレゴリーに、マデリーンはにっこりと微笑《ほほえ》む。

彼女は遠慮なくグレゴリーの髪に櫛《くし》を入れて梳《す》くが、はねた髪はなかなか頑固でぴょこりとあらぬほうへはねる。

しかし、それには負けぬマデリーンだ。幼い頃からチート気味の某令嬢に張り合っていたために色々とできる女になった彼女は、魔力量こそ少ないものの、その操作は一級品であるという自負があった。

つまり、魔法を使用して飛びはねた髪を直すくらい簡単にできる。

「グレゴリー様、ちょっと髪を梳《す》く程度では直りそうもないので、魔法を使いますわね」

「え。あ、はい。お願いします」

まさか魔法を使うとは思わなかったのか、グレゴリーは戸惑《とまど》った様子を見せたものの、あっさりと了承した。

実のところ、人の世話をするプロである使用人ではなく、ただの貴族令嬢であるマデリーンに任せることには多少の不安はあった。けれど、彼女が自分の世話を焼いてくれるのが嬉しくて、己《おのれ》の髪を差し出す。

なんにせよ、濡れようが焦《こ》げようが生き残る自信はある。

まさかグレゴリーがそんなことを考えているとは知らぬマデリーンは、はねた一房に手を触れ、その部分だけ器用に魔法でしっとりと濡らした。そして櫛《くし》で梳《す》いて整えると、濡れた一房を手で押さえ、そのまま優しく乾かす。

彼女が押さえていた手を退《ど》けると、そこには綺麗に整った黒髪がある。

「はい、できましたわ。もう普通にしてもらっても大丈夫ですわよ」

「えっ」

特に問題なく終わったことに驚きつつも、グレゴリーは体勢を直して後頭部に触れた。

そこは特に濡れてもおらず、焦《こ》げているわけでもなく、もちろんはねてもいない。ちゃんと、綺麗に整っている。

「すごいな、マデリーン殿は」

「細かい魔力操作は得意なんですの」

高位貴族の令嬢がすることではないのに、グレゴリーはそれを指摘せずに素直に称賛する。そんなところも好ましくて、マデリーンはにっこりと微笑《ほほえ》む。

にこにこふわふわしたその会話は、今までの行動も相まって、どこぞの新婚夫婦のようである。

もっとも残念ながら二人はその事実に気づいていなかった。

さらに、二人が失念していたことがある。

それは、現在位置が廊下であることだ。

廊下の向こう側の角、階段の陰などにベルクハイツ家の優秀な使用人達はひっそりと潜《ひそ》んで、四男坊とその婚約者の少女との遣り取りをニヤニヤと見守っていたのである。

だが、そんな使用人の中で唯一気配を消せなかったのは、メアリーだ。

櫛《くし》を戻そうと踵《きびす》を返したマデリーンと、ニヤつくのを我慢した不自然な笑みを浮かべたメアリーはバッチリ目が合う。

そこでマデリーンは事態を把握した。

もしかして、先程の私達、イチャついていた、という表現が当てはまるのでは……？

彼女はギシリと固まり、なんとか笑みを保ってメアリーに櫛《くし》を渡してグレゴリーのもとへ戻る。

グレゴリーは彼女の笑顔が硬いことに気づき、どうしたのかと尋ねたが、マデリーンはなんでもないと首を横に振った。

言えるはずがない。

使用人に任せるのではなく、自分の手でグレゴリーのはねた髪を整えてやりたいという思いが、うっかりナチュラルにイチャつくなどという結果に結びついたなど。その上、それを廊下という人目のある所でしてしまったため、もう穴を掘って埋まりたいくらい恥ずかしい、などとは。

そう、言えるはずもなく――

「では、行きましょうか」

「ええと……、そうしようか」

笑顔の仮面を張り付けて、マデリーンはグレゴリーを促《うなが》した。

少し様子のおかしいマデリーンを心配しながらも、グレゴリーは彼女をエスコートする。

どうにかテラスに着くまでに落ち着きを取り戻したいと思っていたマデリーンは気づかなかった。

テラスに行くまでの道筋で、彼女の死角からグレゴリーに向けて使用人達がサムズアップしていることを。そして、グレゴリーがそれを見てようやく見られていたのだと気づき、顔を赤くしていたのを。

そんな初々《ういうい》しいカップルは、ジタバタしたくなるような同じ思いを抱え、歩を進めたのであった。

＊＊＊

テラスでの小さなお茶会は、ぎこちないスタートとなった。

しかしながら、そこはプライドの高い分厚い淑女の仮面を持つマデリーンである。どうにか外面《そとづら》を取《と》り繕《つくろ》える程度に落ち着きを取り戻す。

それにつられてグレゴリーも平常心を取り戻した。

しばし穏やかに会話を楽しんでいると、不意に彼が一瞬動きを止めて口を開く。

「そういえば、マデリーン殿に言っておこうと思っていたことがあった」

「あら、なんでしょう？」

姿勢を正し、改まった様子になった。

「実は今朝、町に紛れ込んだ例のならず者の話を詳しく聞いたんだが、どうにも厄介《やっかい》な連中らしく、

場合によってはマデリーン殿には王都に戻る予定を延ばしてもらうことになるかもしれない。正式な話は、後で恐らく母からされると思う」

「まあ……」

ベルクハイツ家といえば、一騎当千の武人であり、その家が抱える兵達は『深魔《しんま》の森』の魔物と戦い続ける身も心も強靭《きょうじん》な強者《つわもの》ばかりである。そんな彼らが厄介《やっかい》と言うのなら、相当質《たち》が悪い連中なのだろう。

マデリーンはぱちりと一つ瞬《またた》いた後、不安そうに尋ねた。

「あの、一体どういった者達なんですの？」

「それが、隣国の追手から逃《のが》れてきた盗賊団のようで……。逃走に、高位貴族を人質に取るという方法を何度も使っている」

人質となった貴族は男なら殺され、女ならば口にするのも悍《おぞ》ましい目に遭《あ》わされているのだと言う。か弱い令嬢であるマデリーンなど、格好の獲物でしかないのだ。

青褪《あおざ》めるマデリーンを安心させるように、グレゴリーは大きな手で彼女の手を握った。

「大丈夫。この屋敷にいれば安全だし、奴らを捕らえるのにそう時間はかからない。マデリーン殿が王都へ戻るのは、明後日《あさって》を予定していたと記憶しているんだが……」

「ええ、そうですわ。こちらには四泊の予定でした」

幾《いく》ら学園が貴族の事情に寛容《かんよう》で休みが取りやすいとはいえ、あまり長期間は休んでいられない。まあ、どれだけ休もうと、マデリーンは成績を落とさない自信はあるのだが。

「申し訳ないが、一週間は時間をみてほしい。王都へ戻る際は、ベルクハイツ領の高速飛竜で送ると約束する」

「まあ、よろしいんですの？」

一週間も時間がかかるかもしれないのは困るが、ベルクハイツ領の高速飛竜と聞いてその考えが吹き飛んだ。ベルクハイツ領の高速飛竜は飛行速度が恐ろしく速いと有名で、普通の飛竜の三倍の速度で飛ぶのだ。

「ですが、高速飛竜は完全予約制と聞きましたわ。確か、三か月待ちではありませんの？」

そう。このベルクハイツ領の高速飛竜、兎《と》に角《かく》速くて乗り心地が良いので、人気が高い。三か月先まで予約が埋まっているほどである。確かにその高速飛竜に乗れば王都に二日程度で戻れるが、自分の都合を無理やりねじ込むのは気が引けた。

マデリーンが尋ねると、グレゴリーは問題ない、と答えた。

「ベルクハイツ家がいつでも使えるよう、五頭は必ず体が空くように調整してある。今は三頭、今回の騒動で父上達が使っているが、二頭空いている」

ベルクハイツ領の高速飛竜事情の裏側を聞き、マデリーンは目を丸くする。まさか、高速飛行が可能な飛竜がそんなに多くいるとは思ってもいなかった。

彼女の様子を見てグレゴリーが苦笑する。

「ベルクハイツ領で生まれる飛竜は『深魔《しんま》の森』の影響を受けているのか、どうも何かしら強みを持って生まれやすいんだ。その分調教も難しいらしいが、まあ、そこは調教師が熟練の技で頑張ってくれている」

柔らかな口調で語られ、マデリーンはほっとした。

「他人の力頼みで恥ずかしいんだが、こういう時、兄上達はとても頼りになるんだ。きっと、今日にでも対応策ができるだろうな」

グレゴリーは知らぬことだが、その言葉の通りに今まさにバーナードが釣《つ》り餌《え》を持ち込み、ディランが母親譲りの腹黒さを発揮させ、ゲイルが人員を集めて意見を取《と》り纏《まと》めて、策を仕上げていた。

「迷惑をかけてしまって申し訳ないが、貴女《あなた》の安全を第一に行動してほしい」

グレゴリーの大きな手はずっとマデリーンの手を包んでいる。

彼の手はゴツゴツとしており、皮は厚く、剣胼胝《けんだこ》らしき隆起があった。これが日常的に剣を振う武人の手なのだと、マデリーンは漠然と感じる。

なんとなくではあるのだが、この手を持つ人が住むこの屋敷にいれば、確かに安全だろうと思った。仕事もあって屋敷を留守にするだろうに、それでも大丈夫だと不思議と安心感を覚える手だったのだ。

「……ええ、分かりましたわ。私、ならず者達が捕まり、グレゴリー様が良いと言うまで、こちらに滞在させていただきます。……守って、くださいますのよね？」

微笑《ほほえ》みながらも若干不安を残しているマデリーンに、グレゴリーが力強く頷《うなず》く。

「貴女《あなた》は俺が必ず守りますよ、マデリーン殿」

マデリーンには彼がとても頼もしく見えた。

第六章

町というものには、必ず薄暗く寂《さび》れた場所がある。人が集まれば自然とできるものなのだ。そして、それはベルクハイツ領も例外ではなかった。

表通りから外《はず》れずっと奥まった所には、道を踏み外した者達が息を潜《ひそ》めてひっそりと生きている。何かをごまかすために酒を飲み、誰かのモノを掠《かす》め取ろうとギラギラした目で辺りを見回し、いよいよ駄目なら路地裏で冷たくなって身ぐるみはがされるのだ。

そういう人間が、そこにはいた。

そんな薄暗い場所を塒《ねぐら》にしているのは、隣国から逃《のが》れてきた盗賊団だ。

その盗賊団はベルクハイツ領に入り町の中へ紛れた後、四つのグループに分かれる。

それは、一網打尽にされないための知恵だ。少人数であれば目立たず、塒《ねぐら》のどれかが見つかってもすぐに別の塒《ねぐら》に移れる。襲撃されたならトカゲの尻尾《しっぽ》のように切るのだ。

そうやって、彼らは様々な追手から逃《のが》れてきたのである。

そんな盗賊団の頭《かしら》は、鼻筋に一本の傷がある筋骨隆々《きんこつりゅうりゅう》の男で、名をブラスと言った。彼は元は優秀な傭兵であったが、短気な性格が災いし、約束の金を払わなかった雇い主を殺傷した経歴の持ち主だ。

当然指名手配され、そのまま転がるように盗賊に身を堕《お》としたのである。

そのブラスは今、明らかに面白くない、といった風情《ふぜい》で酒をかっ喰らっていた。

ベルクハイツ領に入ってから何もかも上手く行かない。

そもそも、彼の予定では『無法者の町』と噂《うわさ》のあったこの町に根を張り、裏の世界で伸《の》し上《あ》がるつもりだったのだ。ところが、その肝心の『無法者の町』は思っていたような無秩序な町などではなく、むしろその逆で、善政が敷かれて役人達の目がよく行き届いており、スラムの規模はブラスが知る中では一番小さかった。

何より、領主一家が恐ろしい。

この町に着き、明らかに情報とは違うと調べてみれば、最初に分かったことが『深魔《しんま》の森』というしょっちゅう魔物の氾濫《スタンピード》を起こす森と、それを一手に引き受ける領主一家の存在である。

領主一家の噂《うわさ》はドラゴンを一太刀《ひとたち》で討ち取ったとか、ヘルハウンドの群れを風圧で吹き飛ばしただとか、どれもこれも非常識なものばかりだ。

当初こそなんという馬鹿な見栄っ張りの貴族だと鼻で嗤《わら》ったが、そう時間が経たないうちにそれが嘘ではないのだと思い知らされた。

魔物の氾濫《スタンピード》が起きたのである。

ブラス達盗賊団の者は慌てたが、町の住人は不気味なほど落ち着いていた。曰《いわ》く、領主一家がいるから大丈夫だ、と。

何を馬鹿なことを、と思ったものの誰も彼もがそう言うので、ブラス達はこっそり城壁に侵入し、その上から戦場の様子を覗いたのだ。

そして、真の化け物を見たのである。

空を飛ぶ鳥型の魔物を下から打ち上げた魔物をぶつけて撃ち落とし、横薙《よこな》ぎに振った大剣で大型の魔物を三匹同時に真っ二つにするのを――

「化け物だ……」

誰かの呟《つぶや》きを否定する者はいなかった。

あんなものにどうやったって勝てるはずがない、と心の底から理解できる。早々にこの町から出ていこうという話になったが、先立つ物がない。

途中で適当に旅人や商人を襲えばいいという意見もあったが、なんでもかんでも襲えばいいというものでもないのだ。このベルクハイツ領で騒ぎを起こせば、出て来るのはあの化け物共である。

騒ぎを起こすなら領を出てからでなくてはならない。

細々《ほそぼそ》とした手段で旅支度をせねばならずフラストレーションの溜まったブラスや盗賊団の荒くれ者達は、昼間から酒をかっ喰らったりスラムの連中を甚振《いたぶ》ったりすることでストレスを発散していた。

そんな、ある日。

「おい、大変だ！　クリスタルドラゴンが討伐されたらしいぜ！」

盗賊団の一人が、そう言って塒《ねぐら》に駆け込んできた。

クリスタルドラゴンと言えば、一匹捕まえれば三代先まで遊んで暮らせると言われているほど高価な魔物である。盗賊団の者達が目の色を変えるのは当たり前だ。

しかし、ブラスはそう簡単に浮かれはしなかった。

「うるせぇ！　おい、それは確かな情報なんだろうな？」

この情報が、自分達盗賊団を釣《つ》るための偽情報である可能性があるのだ。

しかし、情報を持ってきた男は、本当だ、と答えた。

「これは本当だぜ、お頭《かしら》！　今、クリスタルドラゴンを乗せた馬車が表通りを通って倉庫へ向かってるのをこの目で見たんだ！」

その返答に、ブラスは目を剥《む》いた。周りの盗賊団員達も騒ぎ出す。

「おい、マジかよ……」

「本当だ！　それに、凄《すご》い量だったんだ。馬車三台でも足りなそうだったんだぜ！」

「そんなに……！」

「それだけあれば、分け前だって……」

だが、皮算用を始めた手下共に、ブラスは苦い顔になる。なぜなら、明らかにそのクリスタルドラゴンはブラス達を釣《つ》る餌《えさ》だったからだ。

たとえそれが餌《えさ》だと分かっていても、この魅力的すぎる獲物を前に手下共が我慢できるだろうか？

彼は苦々しい顔で、騒ぐ手下共を見つめた。

そんな中、塒《ねぐら》にそっと入ってきた者がいる。中肉中背のこれといって特徴のない男だ。

男はブラスのもとへやってきて、声をかける。

「お頭《かしら》」

「あ？　ああ、ジェルドか」

男――ジェルドは、ブラスの右腕とも呼べる存在だった。見た目は迫力のない平凡な男だが、剣の腕はなかなかで、何より頭が良いのだ。

「クリスタルドラゴンが討伐されたと聞いて……、こっちでも騒ぎになってるみたいだな」

「ああ、そうだな。だが、あれは明らかに俺達を釣《つ》る餌《えさ》だろう」

眉間《みけん》に皺《しわ》を寄せてそう言うブラスに、ジェルドも顔を顰《しか》めて頷《うなず》く。

「あれは引き際の判断力を鈍らせるに十分な代物《しろもの》だ。頭の足りない連中がすっかり奪う気になってるぞ」

「糞《くそ》が。できるわけねえだろうが……。あの化け物一族、とんでもねーモン持ってきやがって！」

ジェルドの言葉に、ブラスは近くにあった椅子を蹴り飛ばし酒を呷《あお》った。それでも、周りの子分達はすっかりクリスタルドラゴンのことに夢中になっていて、気にも留めない。

そんな様子を見て、ジェルドが改めて嫌そうな顔をした。

「冗談じゃないぞ、お宝なんぞより自分の命のほうが大事だ。お頭《かしら》、クリスタルドラゴンに手を出すのは俺は反対だからな」

「チッ、分かってんだよ、そんなこたぁ……」

舌打ちし苦々しげにそう言って、ブラスは考え込む。

ジェルドの言う通り、命あっての物種《ものだね》なのだ。お宝を手にしようと、死んでしまっては意味がない。ベルクハイツの一族を相手取るなど人間には到底無理だ。

「あの化け物共をどうにかできりゃぁな……」

その呟《つぶや》きを聞き、ふとジェルドが何かに気づいたように顔を上げた。

「それだ」

「あ？」

嬉々とした様子でブラスに言う。

「化け物一族が出払っている時があるじゃないか」

ブラスは驚いてジェルドを見返す。

「待て、そんな時があったか？　あの一族は『深魔《しんま》の森』の管理のために常にこの町に詰《つ》めてるじゃねぇか」

「それだよ、それ！」

訝《いぶか》しげなブラスに対し、ジェルドは興奮気味だ。

「その『深魔《しんま》の森』で魔物の氾濫《スタンピード》が起きれば、あいつら揃《そろ》ってこの町を出る！」

「あ……」

彼の指摘を聞いて、ブラスは一瞬呆《ほう》けた。

「だから、魔物の氾濫《スタンピード》で奴らが出払っているうちに、クリスタルドラゴンを奪っちまえば良いのさ」

なるほどと頷《うなず》きかけるも、すぐにその顔を顰《しか》める。

「いや、待て。その魔物の氾濫《スタンピード》だって、だいたい三時間で狩り尽くされてたじゃねぇか。その程度の時間でこの領から出るなんざ、無理だ」

盗賊団の人数は多い。総勢五十人以上いる。これだけの規模になると養《やしな》うのも大変だが、その分襲撃に幅が持て、商人らを襲うには有利なのだ。

隣国から逃《のが》れ、そうした盗賊行為を悠々と行ってきたブラスだが、今回ばかりはお手上げだった。何せ、魔物の氾濫《スタンピード》が終わって周りが疲れ果てている中、ベルクハイツの一族の一人が余裕の表情で討ち取った大きな魔物を単独で馬車に積み込む様《さま》を目撃している。あれは問題なく自分達の後を追ってくるに違いない、とブラスは確信していた。

すると、ジェルドが溜息《ためいき》をつく。

「あー、そっか。そうだよなぁ……。欲張らずに引き際を心得ている奴ならなんとかなるだろうが、そういう奴ばっかじゃないからなぁ……」

溜息《ためいき》と共に吐き出されたその言葉に、ブラスは何か引っかかるものを感じてジェルドに視線を向けた。

「おい、そりゃ、どういう意味だ」

「は？」

ブラスの質問の意図をすぐに察して、ジェルドが言葉を重ねる。

「いや、ほら、クリスタルドラゴンは俺達を釣《つ》る餌《えさ》なんだろ？　それなら、釣《つ》り餌《え》に掛かった振りをして、別のものを盗っちまえば良いと思ったんだよ。それで、少し町に隠れて、この領から出ていくのさ。ほら、俺達が一番すべきなのは、この領を出ることだろ？」

彼の言葉を聞き、ブラスは考え込む。視線を足元に向け、手にしていた酒瓶《さかびん》を揺らした。

「……俺らの人数じゃ、難しいな。多すぎる」

ジェルドもしばし考えた後、残念そうに肩をすくめる。

「まあ、そうかもな。塒《ねぐら》を用意するのも大変だったし、この大人数じゃぁ、襲った後は隠れきれねぇ。それに、あいつらに程々《ほどほど》でやめろっつっても無理だろう」

未だクリスタルドラゴンに興奮している仲間に溜息《ためいき》をつく。けれどブラスは、ふと思い付いた。

しばしそれを熟考し、ニィ、と笑う。

「――そうだなぁ、そうしよう」

その口からこぼれた呟《つぶや》きを聞き、ジェルドはブラスの顔を見た。そして息を呑む。

そこには、獣がいた。

暗い穴倉の中で、血の滴《したた》る肉を食《は》む獣が――

「このままじゃあ、飢え死にだ。だから、肉を食わなきゃならねぇ」

「あ、ああ……」

ブラスの異様な雰囲気に、ジェルドは冷や汗を流して頷《うなず》く。

「だから、食っちまおう」

そう言って、ブラスは嗤《わら》いながら未だに獲物のことで騒ぐ手下達を見つめていた。

＊＊＊

キラキラと光る小さな鱗《うろこ》の欠片《かけら》が、ビロードのハンカチの上に置かれていた。

「綺麗ねぇ……」

マデリーンはうっとりと溜息《ためいき》をこぼす。

それは、最近噂《うわさ》になっているクリスタルドラゴンの鱗《うろこ》の欠片《かけら》だ。

クリスタルドラゴンを解体する時に欠けて落ちたもので、宝飾品としては小さすぎ売りものにならないらしい。しかし、綺麗だからとグレゴリーが持ってきてくれたのだ。

「本当にいただいても良いのかしら？」

「良いと思いますよ。正直に申し上げますと、女性に贈る品ではありませんが、珍しいものですし、良い思い出になるのではないでしょうか？」

ふふふ、とメアリーが微笑《ほほえ》ましげに告げる。

綺麗だったから、と差し出された鱗《うろこ》の欠片《かけら》。まるで子供の贈り物なのだが、その元がクリスタルドラゴンなのだから少々意味合いが変わってくる。

「ふふ。初めての贈り物がドラゴンの鱗《うろこ》だなんて、ベルクハイツには相応《ふさわ》しいかもしれないわね」

「そうですねぇ」

物が物だけに淑女に贈るには適切なのかと頭を悩ませるが、マデリーンとしては、綺麗だったかという、グレゴリーの純粋な理由に、頬が緩んだ。

「可愛いわねぇ……」

それは、果たしてどちらに向けて言った言葉だったのか。

メアリーは機嫌良く鱗《うろこ》の欠片《かけら》を眺める主人に、生暖《なまあたた》かい視線を送っていた。

そんな平和な時を過ごす一室の外では、これから起こるだろう騒動に向け、人々が慌ただしく動いている。

騒動の種は、今、芽吹こうとしていた。

＊＊＊

それは、深夜のこと。

町は静まり返り、つい先日討伐されたクリスタルドラゴンが運び込まれた時の騒がしさは既《すで》にない。

むしろ、商人達はクリスタルドラゴンの素材を手に入れる交渉に備《そな》え英気を養《やしな》おうと、きっちり休んでいる。

そんな静けさに包まれた町で、気配を殺して道を駆けるのは、人相の悪い男達であった。彼らは月明かりが照る明るい道を避け、裏路地や細道を選んで目的地に走る。

そうして辿《たど》り着いたのは、町外《はず》れの倉庫街だ。

そこにある倉庫のほとんどは領主の持ちものであり、討伐された魔物の素材が保管されている。

そして、今はその討伐された魔物――クリスタルドラゴンの素材が置かれていた。

もちろん、クリスタルドラゴンに限らず、魔物の素材は貴重かつ高価であり、領の大事な収入源を守る目的で厳重に警備されている。二人以上の兵が倉庫の前に立ち、巡回の兵士が何人も存在した。

今日も倉庫の前に兵士が立ち、辺りを警戒している。兵士達の目は、いつもより険《けわ》しかった。

何せ、クリスタルドラゴンがこの倉庫に保管されているのである。

町には他国から逃げてきたならず者が紛れ込んでいるという不穏な噂《うわさ》もあり、彼らの警戒心はおのずと高まっていた。

故《ゆえ》に、気づく。倉庫街の周りに、多くの気配が集まってきたことに――

兵達は事前に取り決めていた無音の連絡方法で警戒を強め、襲撃に備《そな》えた。そして、連絡の兵が走り、その時を待つ。

緊張が高まったその時――

「ぐあっ……!?」

人の呻《うめ》く悲鳴を聞き、襲撃が始まったことを知る。

兵は高らかに笛を吹き、合図をした。

――ピイイイイ!!

「襲撃！　第六倉庫、襲撃!!」

その笛の音と物陰から多くのならず者達が躍り出てきたのは、ほぼ同時だ。

ならず者の集まりである盗賊団の規模は恐らく五十人前後だろうと、兵達には知らされていた。

しかし、それは間違いではないのか、と思うほどに多い。

「くっそ、次から次へと……！」

苦々しい言葉が兵から漏れる。それでも大した手傷を負わずに襲撃者を斬《き》り捨て、昏倒《こんとう》させる手腕は大したものだった。

実はこの倉庫街に配置されている兵達は、かなりの実力者揃いだ。

それもそのはず、彼らは以前は魔物の氾濫《スタンピード》で前線に立ち、加齢による体力不足で退《しりぞ》いた者達を中心に構成されている。何せ、ここに収められているのはベルクハイツ領の大切な収入源の一つなのだ。生半可な腕の者には任せられない。

人間相手には過剰戦力にすらなる者である。

ベルクハイツ家の領主一家が化け物揃《ぞろ》いなせいで目立たないが、兵達も他に比べれば十分化け物なのだ。

そうとは知らない盗賊団は焦《あせ》っていた。

クリスタルドラゴンがこの倉庫に運ばれたという、盗賊団の頭脳であるジェルドが集めてきた情報をもとに、この襲撃計画は練《ね》られている。

その計画はさして難しいものではなかったが、少し変わっていたのが、仲間以外にスラム街のゴロツキを集めたことだ。——計画を説明する時、ジェルドは言った。

「後先考えないゴロツキを囮《おとり》にして、俺達はその間にお宝を奪う。いいか、欲張るなよ。化け物共が出て来る前に撤退だ。時間との勝負だからな」

だから、襲撃者の数は盗賊団の人数の倍近い。スラムのゴミ達が片付けられていくのを横目に、盗賊団の男達は倉庫に侵入し――意識を刈り取られた。

音もなく暗闇から男達の意識を刈り取ったのは、ベルクハイツ家の三男、ディランだ。

「ふむ、弱い。私達は要《い》らなかったかもしれませんね、兄上」

「まあ、そうかもな」

ディランの言葉に答えたのは、長男のゲイルだった。

なぜ彼らがいるかと言うと、襲撃の兆候を察知した兵から連絡を受け、待機していた詰所《つめしょ》からこっそり移動して倉庫内で待ち伏せしていたからである。

ゲイルは白目を剥《む》いて倒れる盗賊団の男を見下ろしながら辺りの気配を探り、苦笑した。

「うちの兵達相手にここまで来る奴は、やはりほとんどいないな」

「そうですね。盗賊団の頭であるブラスは腕が立つと聞いていたんですが、姿が見えませんし……」

逃げられたかと苦々しい顔をするディランの肩を、ゲイルが叩《たた》く。

「取りあえず、ここは俺達で十分だ。これだけ待ってブラスが来ないなら、もうここには来ないだろう。それと、バーナードがそろそろ限界だ。外に出してしまおう」

「まったく、バーナード兄上は堪《こら》え性《しょう》がないですね」

溜息《ためいき》交《ま》じりのディランが視線を向けた先に、バーナードがいた。

巨漢の彼は待機を命じられ、割と頑張って大人しくしているのだが、外の様子が気になるのかソワソワと明らかに落ち着きがない。

「バーナード、ここはもう良い。外へ行け」

そう言いつつ、ゲイルが倉庫に入ってきた新たなならず者を音もなく一瞬で絞《し》め堕《お》とす。流れるような見事な手腕だ。

ゲイルの所業を気にもせず、バーナードがパッと表情を明るくした。

「良いのか、兄上！」

「ああ、ここは俺達だけで良い。外をさっさと片付けて来てくれ」

「了解した！」

喜び勇んで彼が倉庫を出ていくと、外の喧騒《けんそう》がさらに大きくなる。その様子にゲイルは苦笑し、ディランは溜息《ためいき》をつく。

気を取り直すようにディランが咳払《せきばら》いをした。

「兄上、やはりこちらにブラスが来ないということは、グレゴリーのほうが当たりみたいですね」

「ああ、そうだな」

ゲイル達は盗賊団の情報を調べ、盗賊団を率《ひき》いる頭がブラスという男であることを知っている。頭が良く非情であること、傭兵時代は仲間に嫌われており、他の傭兵を盾に使う男だとも。

「やはり、仲間を切り捨てましたか」

「ここに来てるのは、クリスタルドラゴンを前に我慢が利かない連中で、足手纏《まと》いとでも判断されたのかもな」

そんな会話をしながら、ディランは扉からそろりと入って来た盗賊をキュッと絞《し》め堕《お》とす。

因《ちな》みに、この倉庫にいるのはゲイルとディランの他に、六人の部下だ。みな忍び込んでくる盗賊達の意識を素晴らしい手際で刈り取っていた。

「ディラン、ここは俺と部下達だけで良い。お前も外を見て来てくれ」

そう言われ、ディランはしばし考えた後、告げる。

「いえ、兄上。外はバーナード兄上がいれば十分でしょう。私は他の倉庫を見回ってみます」

「ああ、確かにそのほうが良いかもな。なら、ここから二人連れていけ。俺はここが終わったらグレゴリーと合流する」

そうして二人は頷《うなず》き合い、ディランは部下を二人だけ連れて、倉庫から出ていった。

それを見送ったゲイルが呟《つぶや》く。

「さて、グレゴリーのほうはどうなったかな……？」

盗賊程度でどうにかなる弟ではないので心配はしていないが、どうやらディランの予想通り面倒な奴がグレゴリーの所に行ったようだった。

＊＊＊

さて、そのグレゴリーだが、彼は倉庫街の外《はず》れに配置されていた。

そこは領主の持ちものではない倉庫が並ぶ場所だ。倉庫街の倉庫の八割は領主が使っているが、残りの二割は大店《おおだな》の商家が使っているのである。

そんな二割の倉庫は普段、商家に雇われた警備の者が見張りに立ったり見回ったりしているのだが、盗賊団が町に紛れ込んでからは兵が巡回の範囲を広げ、こちらにも目を光らせるようになっていた。

グレゴリーは、数名の部下と共にそんな商家の倉庫の一つに身を潜《ひそ》めている。ディランが言うには、クリスタルドラゴンを狙った襲撃に乗じて他の倉庫が襲われる可能性があるそうだ。

果たして、その予想は当たっていた。

「来た……」

辺りの気配を探っていたグレゴリーは、六人ほどの人間の気配が固まってこちらに近づいてくるのを察知する。

彼は手で部下達に合図をし、気配を殺してその時を待つ。

そして、にわかに肌が粟立《あわだ》つのを感じた。殺気だ、と思ったその時、倉庫の警備員と盗賊団の一人が切り結ぶ。

剣による派手な衝突音が響き渡った。

——ギィィィ……ン！

「く、何者だ!?」

「さぁな？　これから死ぬ奴が知る必要はないだろ？」

月明かりの下で浮かび上がった酷薄《こくはく》な声の持ち主。その顔は、グレゴリー達が追う盗賊団の頭――ブラスのものだ。

それに気づいたグレゴリーは、即座に魔法で信号弾を打ち上げた。信号の意味するところは、頭発見である。

――パァァ……ン！

小さい火の玉が上げられ、ブラスも己《おのれ》が発見されたのだと悟った。

「チッ、読まれてたか……」

舌打ちをするものの、その顔は嗤《わら》っている。

ブラスはそのまま警備の人間を斬《き》りつけ、ふらついたところを蹴り飛ばした。

彼に斬《き》りかかるのはグレゴリーの部下だ。彼らも強い部類に入るのに、ブラスはその攻撃を剣で逸《そ》らした後、手を返してそのまま兵士を斬ろうと振り抜く。

しかし、兵士はそれを紙一重《かみひとえ》で躱《かわ》した。

「兵士でこの技量か……、厄介《やっかい》な奴らだぜ」

厄介《やっかい》と言いつつも、その声音《こわね》には嘲笑《ちょうしょう》の色が滲《にじ》んでいる。

ブラスの手勢はブラス自身を含めて六人程度。それに対して、グレゴリー達は十人以上の人間でブラス達を取り囲んでいた。明らかに不利であるにもかかわらず、余裕だ。

ブラスの態度を不審に思いながらも、グレゴリーは剣を抜き放つ。その剣はいつもの討伐用の大剣ではなく、普通の剣士が使うロングソードだ。ベルクハイツ家の男達には、力加減をしないと折れると認識されている、不憫《ふびん》な剣である。

グレゴリーは極限まで気配を殺してブラスに近づき斬《き》りかかった。

しかし、できる限り気配を殺したとしても、グレゴリーほど体格の良い男がそれなりの距離に走り寄れば、戦い慣れた者なら気づく。

案の定、ブラスはその存在に気づき、ぎょっと目を見開いた後、迎撃のために体勢を整えた。

構わず、グレゴリーは剣を振りかぶり、勢いよく振り下ろす。

剣と剣が衝突する。

ブラスの受けた衝撃はとてもではないが受けきれるものではない。衝撃ごとその剣を受け流そうとするも、完全には成功しなかった。

たった一撃で手が痺《しび》れ、ブラスは剣を持っているのがやっとという有様《ありさま》だ。

「くそっ、この化け物が……！」

表情から余裕がなくなり、苦々しい声音《こわね》で吐き捨てる。

次にブラスがとった行動は、逃走だった。

彼は商家の倉庫を前にしながら、さっさと見切りをつけて逃げ出したのである。

当然、グレゴリーに逃がすつもりはなく追いかけたものの、ブラスによって行く手を阻《はば》まれた。

なんとブラスは、仲間を盾にしたのである。

目の前にいた仲間の服を掴み、追いかけてくるグレゴリーのほうへ放り投げたのだ。

「えっ、お頭《かしら》、なんで――」

驚く盗賊団の男の呟《つぶや》きを、グレゴリーは確かに聞いた。

彼は剣を持つ手とは逆の手でこちらに放り投げられた男の意識を刈り取り、改めてブラスを追う。

しかし、追いつくことはできなかった。

ブラスは敵味方関係なく人間のいるほうへ突っ込んでいき、器用に相手を掴んでグレゴリーに向かって放るのである。

部下ならば受け止めるか、避けるかし、盗賊相手なら意識を刈り取る。それを繰り返しているうちに、段々とブラスとの距離が開いた。

「くそっ……」

ここまで思い切りよく仲間を見捨て、逃げを打つとは。グレゴリーは悔しさを吐き出し、ブラスが逃げ込んだ細い迷路みたいな路地に飛び込む。

しかし、その頃には相当な距離が開いており、残念ながらグレゴリーはブラスを見失い、逃げられた。

「嗚呼《ああ》……、しくじった……！」

クリスタルドラゴンがある倉庫のほうから喧騒《けんそう》が聞こえる。恐らく兄達は計画通りに盗賊団を捕らえているだろう。

それなのに、一番厄介《やっかい》だと考えられる頭のブラスを取り逃がしてしまった。グレゴリーは己《おのれ》の失態に顔を顰《しか》める。

結局、この日の襲撃による被害は怪我人が数人出る程度で、倉庫の中身には被害はなく、盗賊団のほとんどの人間を捕らえることができた。しかし、捕らえた人間の中に頭のブラスや、その右腕であるジェルドの姿はない。

その後の取り調べによって分かった盗賊団の人数には、ブラスとジェルドを含めて計六人足りなかったのだ。

その翌日。凶報が届く。

昨夜、ある中流階級の家に強盗が入り、一家は一人残らず殺され、金品が奪われたというのである。

この報告を聞き、ディランはその強盗があの倉庫街に現れなかった残りの盗賊団の仕業ではないかと意見を述べた。

その考えは当たっていた。

ブラスは三段構えの強盗計画を練《ね》っていたのだ。

まず、クリスタルドラゴンに関しては、はじめから要《い》らない仲間やスラムの人間を棄て囮《おとり》に使った。その上で、自ら行った商家の倉庫への襲撃も、盗めたら御《おん》の字程度の囮《おとり》として使ったのだ。

本命は、一般人の家への強盗である。程々《ほどほど》に裕福な家を襲い、この町を出ていく資金にしたのだ。

とにかくこの領を出られればいいというブラスの思いが透《す》けて見えた。

この報告を前に、ベルクハイツの四兄弟と軍の上官達が苦い顔をする。

「これは、後は逃げの一手だろうな」

「厄介《やっかい》な……」

盗賊団の規模は小さくなり、やりようによってはすぐにでも出ていけるかもしれない。

「……すまない」

ブラスを取り逃がしてしまったグレゴリーが小さく謝罪の言葉を漏らし、バーナードが肩を叩《たた》いて慰《なぐさ》める。

「とにかく、しばらくは検問を強化しましょう。それと、裏の物流についても調べないと」

そう予定を立て、ディランは慌ただしく部屋から出ていった。それを見送り、ゲイルがグレゴリーに言う。

「お前の反省は後だ。なんにせよ盗賊団の規模は小さくなったし、マデリーン嬢は王都へお帰りいただいたほうが安全だろう。確か、帰りは高速飛竜を使うんだったな?」

「ああ」

グレゴリーは頷《うなず》いた。

「飛竜なら馬車より安全だな。俺が手配しておくから、お前は今日はもう帰れ」

「しかし……」

渋る彼に、バーナードがカラッと笑う。

「まあ、確かにブラスを取り逃がしてしまったが、まだこの領を出ていったわけじゃないだろう! 今のお前がすべきは体を休めて、態勢を立て直すことだ! そんな心持ちでは、良い仕事はできないぞ!」

そう言い、ふと揶揄《からか》うように目を細める。

「お前は屋敷に帰って、マデリーン嬢の顔を見てこい！　惚《ほ》れた女の顔を見れば、元気も出るだろう！」

「あ、兄上!?」

思わぬ相手からの揶揄《からか》いにグレゴリーはどもり、それを見たゲイルとバーナードが噴き出す。

「ふっ、そうだな。お前はさっさと帰って、マデリーン嬢に会ってこい」

「ゲイル兄上まで……」

ゲイルが面白そうに目を細めると、グレゴリーは情けない顔で溜息《ためいき》をついたのだった。

第七章

マデリーンがならず者達の大半が捕らえられたと聞いたのは、グレゴリーに町へ出ないように頼まれた日から四日目のことだった。

その報《しら》せを持ってきたのは、やや疲れた顔のグレゴリーだ。

頭と他の数人には逃げられたが、ほとんどの盗賊団の人間は捕まえ、人数の強みはなくなったので、護衛がいるなら町に出ても良いとのことだった。

もっとも、ブラスという名の盗賊団の頭はなかなか厄介《やっかい》そうな男であり、できる限り早めの王都への帰還を促《うなが》され、マデリーンは素直に頷《うなず》く。

するとグレゴリーは、少し安堵《あんど》した様子を見せた。

それにしても表情には出ていないものの、雰囲気から彼が落ち込んでいるのではないかとマデリーンには感じられる。

それを指摘するべきか迷ったが、グレゴリーを心配する気持ちが勝つ。テーブルの向こうの席に着く彼にためらいがちに尋ねた。

「あの、グレゴリー様。なんだかお元気がないように見えますが、どうかなさいましたか？」

グレゴリーは目を瞬《またた》かせ、眉を下げて苦笑する。

「その……、俺は情けない顔をしているだろうか？」

「いいえ。お疲れには見えますが、情けない顔ではありませんわ」

尋ねられた言葉を柔らかく否定し、マデリーンは微笑《ほほえ》む。

「ただ、雰囲気がしょんぼりしてます」

「しょんぼり……」

グレゴリーは自分には可愛らしすぎる表現を復唱した。

「それで、何がありましたの？　言ってても大丈夫なことであれば、言ってしまったほうが楽になるかもしれませんわ」

彼はしばし迷った後、覚悟を決めたかの如《ごと》き表情で口を開く。

「今回の盗賊団の頭のブラスなんだが、俺が取り逃がしてしまったんだ」

「あら……」

任せられた役割をこなせず、落ち込んでいるらしい。

しかも、取り逃がしたのは明らかに厄介《やっかい》だと分かっている盗賊団の頭だ。どうにもそれが気にかかるのだろう。

「己《おのれ》の失態が恥ずかしく、悔しい。けれど、それを気にしすぎるのも駄目だとは分かっているんだが……」

悔しげに、グレゴリーの眉間《みけん》に皺《しわ》が寄る。

「それに、マデリーン殿との約束も守れていない」

「え？」

ポツリとこぼされた言葉に、マデリーンは目を瞬《またた》かせた。

「貴女《あなた》を守ると約束したのに、目の前で脅威《きょうい》を取り逃がしてしまった」

不安の芽を摘めなかった、と彼は苦々しい口調で言う。

マデリーンは目を丸くし、じっと彼を見つめた後、仕方ないなぁ、と微笑《ほほえ》んだ。

「グレゴリー様、盗賊達が捕まったら、もう守ってくれませんの？」

「えっ？」

グレゴリーは驚き、慌てて首を横に振る。

「いや、そんなことはない！　マデリーン殿は俺が生涯守りたい女性だ！」

「そ、そうですの……」

勢い込んで言われ、マデリーンは思わず頬を染め、グレゴリーから視線を逸《そ》らした。そして、気を取り直して咳払《せきばら》いした後、視線をテーブルに落とす。

「でしたら、私が再びこのベルクハイツ領に来るまでに、その残りの盗賊を捕まえてくださいませ。期限などなく、ずっと守ってくださるのでしょう？」

言外に、必要以上に焦《あせ》らなくて良い、とマデリーンは言った。それを受け、グレゴリーは肩の力を抜いて息を吐き、笑う。

「……そうだな。できる限り早急に手を打ちたいが、俺一人で焦《あせ》っても仕方のないことだし、兄上達もいる。マデリーン殿はずっと側にいてくれるようだし」

そういう意味で告げたとはいえ、マデリーンはやはり気恥ずかしくて視線を泳がせる。

「貴女《あなた》が王都へ帰ってしまうのは寂しいが、王都のほうが安全だ。貴女《あなた》が再びこの地を訪れてくれるまでに、必ずあの厄介《やっかい》な残りの連中を捕まえる」

そう言って、新たな約束をするグレゴリーに、彼女は柔らかな笑みを返した。

＊＊＊

マデリーンが王都へ帰るのは、グレゴリーと話した翌日となった。

学園もあるので、なるべく早めに帰らなくてはならず、慌ただしい出発となる。

見送りにはベルクハイツ夫人とグレゴリーが来てくれた。

他のベルクハイツの兄弟達は仕事があるそうで来ていないが、それぞれが空いた時間に短時間であるもののわざわざ別れと再会を願う言葉をかけてくれたのには、驚く。

彼らに、ここは死が割と近くにあるから、と柔らかくも静かな声で言われ、嗚呼《ああ》なるほどと納得し、マデリーンも心から再会を願った。

そんな遣り取りを思い出しながら着いた飛竜発着場は、マデリーンがベルクハイツ領に来た時と同じく人の行き来が多い。

メアリーが手続きを行うために受付に姿を消し、マデリーンは護衛の騎士達と共に手続きが終わるのを待つ。

そして、その僅《わず》かな待ち時間で、ベルクハイツ夫人とグレゴリーと別れを惜しんだ。

「時間が過ぎるのはなんて速いのかしら。こちらの都合で滞在期間を延ばしてもらっておいて言うことではないかもしれないけれど、とても残念だわ。マデリーンさん、きっとまたいらしてね？　その時はもっとお話ししましょう」

手紙も書くわ、と大いに別れを惜しむベルクハイツ夫人の言葉の裏には、情報交換をしましょう、だとか、ベルクハイツの嫁に相応《ふさわ》しくなるよう磨き上げるのに手を貸す、という意思が見え隠れしている。

彼女は己《おのれ》のような悪魔を量産する気満々だ。

知れば某王族近辺が悲鳴を上げそうな計画をしている夫人の息子であるグレゴリーは、己《おのれ》の婚約者が王都へ帰ってしまうのが寂しいのか、少しばかりしょんぼりして見えた。

それが可愛いと思ったマデリーンは、「グレゴリー様が寂しげに鼻を鳴らす大型犬みたいで可愛い」と手続きを終えて戻って来たメアリーにこぼす。

すると「私にはあまり普段と変わっているようには見えません」と返され、愛の力ですねと言いたげな生暖《なまあたた》かい目で見られた。

なんとなく気まずくて明後日《あさって》の方向に視線を投げると、職員が高速飛竜の準備ができたと知らせに来る。

「飛竜の準備ができました。八番乗り場へいらしてください」

「分かりました。お嬢様……」

「ええ、聞こえてたわ」

メアリーが職員の知らせを受け、マデリーンも頷《うなず》く。そして、グレゴリー達に向き直り、別れの挨拶《あいさつ》をした。

「長期に亘《わた》る滞在の間、お世話になりました。とても楽しかったですわ」

「いや、こちらの都合で滞在期間を延ばしてしまって、申し訳なかった。……俺も、とても楽しかったよ、マデリーン殿」

グレゴリーがじわり、と滲《にじ》むような微笑《ほほえ》みを浮かべる。マデリーンも目元を緩めて微笑《ほほえ》んだ。

「学園の長期休暇の時、また来てもよろしいかしら？」

「ああ、もちろん。その、俺も盗賊団のことや、アレッタの問題が片付いたら少しは休暇が取れると思う。その時は、会いに行っても良いだろうか？」

ベルクハイツ領を離れるのは難しく、本人としてもあまり良いとは思えないことだろうに、それでも会いたい、会いに行きたい、と言ってくれた彼。

お役目を大事にしろ、と言うべきなのだろうが、どうしても嬉しさを隠し切れず、マデリーンはとろりとさらに微笑《ほほえ》んだ。

「ええ、もちろん。けれど、無理はなさらないでね？　貴方が会いたいと思ってくださるなら、私が会いに来ますから」

この地を大切にしている貴方を大切にしたいのだと告げた彼女に、グレゴリーは嬉しそうに、けれど少し困った表情になった。

その理由は、メアリーの「お嬢様、イケメン」といった呟《つぶや》きに集約されている。

名残惜《なごりお》しく、そろりと手を柔らかく握り、離す。そんなマデリーンの行動に、グレゴリーは軽く目を瞠《みは》り、耳をほんのり赤くする。

婚約者同士の微笑《ほほえ》ましい遣り取りに、周りの人間達は生暖《なまあたた》かい視線を送っていた。

そうして、一頻《ひとしき》り別れを惜しんだ後、マデリーン達は用意された飛竜に向かう。

案内された先にいた飛竜は、マデリーン達がベルクハイツ領へ来る際に乗って来たのとあまり変わらない。

「高速飛竜と言っても外見は普通の飛竜と同じなのね」

そう呟《つぶや》いた、その時だった。

「大人しくしろ」

小さな囁《ささや》き声と共に、背中に刃物と思しきものが当たる。

ぞわり、と背筋を悪寒《おかん》が這《は》い、マデリーンは身を固くした。背後に立つ誰かに促《うなが》され、飛竜へ乗るための階段を上がる。

ちらりと己《おのれ》の背後に立つ人間の姿を見たが、その人物は飛竜乗り場の職員の制服を着ていた。

自分と彼の立ち位置から、自分達の様子は飛竜に乗る人とその介助人に見えるだろうと推測できる。

彼女は飛竜の背に乗り、先に乗っている人間を見渡した。

職員の制服を着た者達六名と、メアリーと護衛騎士一人だ。

護衛騎士を見て気分が浮上しかかるが、その彼の腹が血に染まっており、メアリーが真っ青な顔をして気を失っていることに気づき、マデリーンは血の気が引いた。

メアリーは飛竜の上に設置された座席に座らせられており、安全ベルトをつけられている。安全ベルトが自由を奪う拘束具に見えるのは、今のマデリーンの置かれている状況のせいか。

腹から血を流す護衛騎士は座席に座らされているものの、安全ベルトがつけられていない。意識がないらしく、ぐったりと前かがみでピクリとも動かない。

そんな周囲の状況にマデリーンは身を固くしたが、そこで立ち止まることは許されなかった。

「おい、とっとと座れ」

苛立《いらだ》ちを含んだ声に命じられ、ぎこちなくメアリーの隣の席に座る。近くで見るメアリーは、パッと確認できるところに怪我はなく気を失っているだけに思えた。

「メアリー……」

小さく呼びかけ、体に触れて軽く揺するが、起きる気配はない。もしかすると、薬を使われたのかもしれない。

そうしているうちにマデリーンにも安全ベルトが乱暴につけられる。その時、耳元で嘲《あざけ》るような声音《こわね》で男が言った。

「若くて上物のオヒメサマだなんて、さぞかし美味《うま》かろうなぁ。俺達が飽きるまで可愛がってやるから、期待してな」

怯《おび》えていたマデリーンの心が、瞬時に怒りで燃え上がる。

なぜこんな下品な男に怯《おび》えねばならないのか……、どうしてこんな扱いをされ大人しくしなくてはならないのか！

しかし、マデリーンはそれを顔には出さない。そんなことをすれば己《おのれ》の身も、メアリーの身も危《あや》うくなるのだ。

行動は慎重に、報復は倍にして返さなくてはならない。

怯《おび》えた可憐《かれん》な貴族令嬢の仮面の下で悪魔候補が物騒なことを考えていると、にわかに周りの男達の様子があわただしくなった。

「飛ぶぞ！　掴まれ！」

飛竜操者席に座る男が叫び、飛竜の体がぐらりと持ち上がる。

男達は座席や固定具などに掴まり、落ちないように身をかがめた。男達はそうして転落を免《まぬが》れたが、腹から血を流す護衛騎士は重力に逆らうことなく体を傾け、転がり落ちていく。

その光景は心臓を凍りつかせるものだった。マデリーンは思わず息を詰《つ》めたが、それと同時に火に油を注がれた気分になる。

そうして飛竜が飛び上がった時、なぜ男達が飛竜を慌てて飛ばさなくてはならなかったのか知った。

「マデリーン殿!!」

グレゴリーの声だ。

マデリーンのいる場所からは姿を見ることができなかったが、その声の近さから、彼女達の様子がおかしいと気づいて駆け付けてくれたのだろうと分かる。

しかし非情にも、飛竜は操者に化けた何者かによって空へ上がり、翼を動かして風に乗り始めていた。

＊＊＊

飛竜が安定した飛行になり、無事に空の上へ逃《のが》れたと理解した男達はそれぞれ身を起こし、安堵《あんど》の息を吐いた。

その中の一人が大声で笑い始める。

「くっ、あーっはっはっはっは！　飛竜に乗っちまえばこっちのもんだ！　お前ら、よくやった！」

そう言ったのは、強面《こわもて》の男――盗賊団の頭であるブラスだ。

彼はあの騒動の後、飛竜を使いベルクハイツ領をひとっ飛びで脱出する計画を立て、残した盗賊団員達と共に飛竜を強奪したのだった。

「貴族の令嬢も手に入ったしなぁ」

厭《いや》らしい歪《ゆが》んだ笑顔を向けられ、マデリーンは怯《おび》えて見せるも、その胸の内ではこの男をどうやって退《しりぞ》けるか算段を立てていた。もしこの身を汚《けが》されるなら、全てを道連れに自爆することすら考えている。

そんな普通の令嬢からかけ離れている爆弾を抱え込んだのだと知らぬ盗賊達は、マデリーンを無力な獲物と思い、舐《な》めるように見ていた。

「お頭《かしら》ぁ、そろそろ席に座ってベルトつけてくれよ。危ないぜ？」

そんな中、飛竜を操る男がブラスに声をかける。

「落ちるようなヘマはしねぇよ。それよりジェルド、お前は飛竜を操るのに集中してろ。飛竜を操るのは兵士時代以来なんだろ？」

「まあ、そうだけど、心配いらねぇよ。それより、さっきのこっちに来てた連中、あれはベルクハイツの家の奴じゃないのか？」

飛竜を操っているその男は、ブラスの右腕であるジェルドだ。

彼は盗賊となる前はある国の軍の飛竜操者だったが、戦争の折に上官に見捨てられて命からがら戦地から逃げ出し、盗賊へ身を堕《お》としたのである。

ブラスはジェルドの質問に、余裕のある表情で頷《うなず》いた。

「ああ、あれはベルクハイツ家の四男だな。だが、こっちは既《すで》に飛び立ってるんだ。今から飛竜に乗ったって、追いつけやしねぇよ」

そう言って嗤《わら》うブラスにジェルドは頷《うなず》き、笑みを浮かべる。

「まあ、それもそうか。それじゃあ、アンタは用済みだな」

「は？」

いつもと変わらぬ笑顔で言われたため、ブラスは一瞬何を言われたのか分からない。その内容を理解した時にはもう遅かった。

飛竜が急激に傾き、なんの支えもないブラスの体が宙に浮く。

目を見開くブラスと、昏《くら》い笑みを浮かべるジェルドの視線が交差する。何が起こったのか理解したブラスの顔が憤怒《ふんぬ》に染まった。

「ジェルドォォォォォォォォ!!」

憎しみの怒号が上がる。

「俺達を食いものにする頭《かしら》にはついていけねぇよ。じゃあな、お頭《かしら》」

それは、あまりにも軽い別れの挨拶《あいさつ》だった。

宙に浮いたブラスの体は飛竜の羽ばたきが起こす風に吹き飛ばされ、重力に逆らうことなく落ちていく。

ジェルド以外の男達はいつの間にか金具で己《おのれ》の体を固定しており、その光景を冷めた目で見つめていた。

隣国から逃《のが》れ、己《おのれ》の配下たる盗賊団を盾に使い切り捨てた非情な男の、あまりにも呆気《あっけ》ない最期だ。

その光景を、マデリーンは怯《おび》える可憐《かれん》な令嬢の仮面の裏で、自分でも驚くほど冷静に見ていた。

もしかすると一種の興奮状態にあり、頭が麻痺《まひ》していたのかもしれない。

それでも目の前で起きた下剋上《げこくじょう》に、やたらと好戦的になっていた思考が流石《さすが》に冷える。己《おのれ》のこの後の行動を、どうやってこの男達から逃げるかにシフトチェンジさせた。

魔力量は多くないものの、彼女には魔法がある。特に小技の引き出しは多く、監禁程度なら逃げ出す自信はあった。しかし、その後が問題だ。

今は飛竜の上で逃げ場がない。また、途中で休憩するとなれば、きっと人気《ひとけ》のない場所になるだろう。町中ならまだしも、魔獣や肉食獣がうようよいる森の中ではただのか弱い令嬢であるマデリーンが生き延びるのは難しく、ましてやメアリーもいる。彼女はマデリーンを守ろうとするだろうが、きっと二人共すぐに死んでしまう。

となれば、取れる選択肢は多くない。

町中に着くまで待って逃げ出すか、最悪どうしようもなくなった場合、この身を汚《けが》される前にもろとも自爆である。

マデリーンが過激な覚悟を決めた時、ようやく飛竜が傾けた身を元に戻し、安定した飛行へ体勢を整えた。

操縦に余裕ができたのか、ジェルドが振り向きざまに指示を出す。

「おい、お前ら。その貴族のオジョウサマに余計な手出しはするなよ？　大事な人質だからな。少なくとも、この国から出るまでは役に立つ。世を儚《はかな》んで自害なんかされちゃ困る」

ある意味においてジェルドは最善の選択をした。もしここで手を出すことを許可していれば、この場で全員が死んでいただろう。

ジェルド以外の盗賊団の男達は不満げにしつつも、従った。とにかく今は逃亡を優先しなければならないのだと分かっているのだ。

しかし、それら全ては無駄になる。

彼らの背後から途轍《とてつ》もなく恐ろしいモノが迫っていたのだ。

——ギャァァァァオ!!

その鳴き声が聞こえたのは突然だった。

辺りに響く巨大な獣の鳴き声は、人を本能的に竦《すく》ませる迫力を持っている。

「なっ、何が……」

動揺する思考を宥《なだ》めつつジェルドは辺りを見回し、それを見つけた。

遥《はる》か後方の、飛竜の存在を——

＊＊＊

その飛竜はまだかなり遠くにいるが、尋常ではないスピードで飛んできていた。こちらもそれなりにスピードを出して飛ばしているのに、確実に近づいている。

ジェルドは焦《あせ》り、飛竜をさらに速く飛ばそうとした。けれどそれでも後方の飛竜はどんどん近づいてくる。

「ど、どうして……」

怯《おび》えの色を含んだ呟《つぶや》きが風の中に消えていった。

飛竜という生き物は、個体ごとの飛行速度に大きな差はない。それ故《ゆえ》にブラスはこの脱出劇を考えついたのだ。この計画ならばより安全に、確実にベルクハイツ領を出られる、と。

しかし、その常識が覆《くつがえ》されようとしていた。

遥《はる》か後方に飛んでいたはずの飛竜は既《すで》にその上に乗っている人間を目視できるほどに近い。むしろ追い越すのではないかと思われるスピードで迫っている。

盗賊団の男達に緊張が走った。

飛竜を使い空で行われる戦闘といえば、飛び道具の応酬だ。ジェルドは飛竜を墜《お》とされるのを恐れ、低空飛行へ切り替える。

しかし、それは悪手だった。

いよいよこちらに迫る後方の飛竜がジェルドの操る飛竜に追いつき、その上空を追い越していったのだ。――とんでもないものを置き土産《みやげ》にして。

マデリーンも、盗賊団の男達も、それを確かに見た。上空を通り過ぎた飛竜から、人が降ってくるのを。

「なっ⁉」

あまりに非常識な行動に、その場にいた全員が目を剥《む》く。降ってきたその人間は難なく飛竜の上に着地し、ジェルドを見据《みす》えた。

「ヒッ」

小さな悲鳴を上げたのは誰だったか。

視線の先、そこにいたのは修羅だ。

吊り上がった眦《まなじり》は憤怒《ふんぬ》に染まり、ギリギリと音がするんじゃないかというほど噛みしめられた

歯のすき間から荒い息が吐き出される。

それを見て盗賊達は恐怖に身を竦《すく》めた。しかし、たった一人喜びの声を上げた者がいる。

「グレゴリー様！」

マデリーンだ。

大の男達が無条件に怯《ひる》むその形相は、痘痕《あばた》も靨《えくぼ》とはとても言えない迫力に満ちているのに、それを気にせず喜ぶ彼女の肝《きも》は太い。

「べ、ベルクハイツ……！」

そんなマデリーンの様子と対照的なのが、盗賊団の男達だ。特にベルクハイツ家の化け物ぶりを知るジェルドの動揺は大きかった。

「なんで、お前がここにいるんだ⁉」

恐怖に引きつった問いに、グレゴリーは答えない。

しかしながら、実はその答えはとても簡単なものだった。

ジェルドが操る飛竜は普通の飛竜で、グレゴリーが乗って来た飛竜は高速飛竜だっただけだ。

そもそも、ブラスをはじめ盗賊団の男達は、高速飛竜の存在を知らなかった。

普通の飛竜の三倍の速さで飛ぶという高速飛竜は、ベルクハイツ領でしか見られない珍しいものであり、とても気難しい。ジェルドは扱いやすそうな飛竜を選んで奪ったため、普通の飛竜だったのだ。そして、それが仇《あだ》となった。

グレゴリー達はマデリーンが飛竜のもとへ案内される様子を見守っていた。そして、案内された先にある飛竜を見て、あれっと思ったのだ。

飛竜が高速飛竜ではなかったのである。

何かの不手際かと思ったベルクハイツ夫人が職員を捕まえて尋ねてみれば、職員はその飛竜を見ておかしいと首をひねった。さらにマデリーンの側にいる職員を見て、見たことがないと言い出したのだ。

それを聞いて猛烈に嫌な予感がしたグレゴリーは兵士達を連れてマデリーンのもとへ向かい、その最中に事《こと》が起こったのである。

目の前で婚約者を奪われたグレゴリーは、一気に頭に血を上らせた。

飛竜が身を起こした際に転がり落ちて来た護衛騎士は腹から血を流して意識がなく、息はかろうじてあるものの、危険な状態だ。その姿は、マデリーンの置かれている危機的状況をも示す。

彼は腹の底が煮える思いを味わった。

怒りに意識を支配されそうなグレゴリーにどうにか冷静さを取り戻させたのは、母であるオリアナだ。

彼女は持っていた扇《おうぎ》で息子の顔を容赦なくひっぱたき、高速飛竜でとっとと後を追って嫁を取り返してこい、と命じたのである。

息子を睥睨《へいげい》し有無《うむ》を言わせぬ女王のような貫禄《かんろく》でその憤怒《ふんぬ》をねじ伏せたオリアナは、職員に用意されているはずの高速飛竜を出すよう手配した。そして息子の尻をひっぱたいて高速飛竜に乗せたのである。

そうしてグレゴリーはここにいるのだが、多少冷静になったとはいえ、怒りで燃えていることには変わりない。

故《ゆえ》に、彼の心に『手加減』の三文字はなかった。

「マデリーン、目を瞑《つむ》れ！」

「は、はい！」

グレゴリーの指示にマデリーンは素直に従う。

その直後、彼女の側で恐ろしく重い打撃音が響き、人の腹から漏れたと思われる空気が潰《つぶ》れる音がした。

思わず目を開けた彼女が見たものは、グレゴリーの拳《こぶし》が盗賊の腹にめり込む様子である。

「ぐ……が……」

腹に拳《こぶし》をめり込ませた男は空気を求めるみたいに、はくはくと口を開閉させるも、グレゴリーの容赦ない顔への追撃で意識を飛ばした。死んではいないが、かなりギリギリである。

目の前で行われた暴力シーンに、マデリーンは目を瞬《またた》かせ、自分の手で目を覆《おお》い即座に瞑《つむ》った——振りをして、指の隙間から覗き見る。

グレゴリーがマデリーンに怖い思いをさせないよう気を使ってくれたのだと察したが、全く怖くない。むしろグレゴリーに頼もしさを感じ、ぜひともその勇姿を見たかった。

そうしているうちに、グレゴリーは飛竜の上だというのに素早い動きで盗賊達との距離を詰《つ》め、反撃を許さずにノックアウトしていく。

とうとう残るは飛竜を操るジェルドだけになった。

「ヒ、ヒイイイ……！」

飛竜の操者席に座るジェルドが引きつった悲鳴を上げる。

次は己《おのれ》の番だと分かった。しかし、ここは空の上であり、逃げ場などない。

ジェルドはブラスを落とした時と同様飛竜を傾けようとするが、それよりも早くグレゴリーが辿《たど》り着いた。その手でジェルドの頭をがっちりと掴む。

「飛竜を地に降ろせ。そうすれば、殺さずにいてやる」

「ひ、ぎ、あぁ……!?」

ギリギリと万力のように絞《し》められる。

この男は己《おのれ》の頭を握力だけで潰《つぶ》せるのだと悟ったジェルドは、情けない悲鳴を上げながら飛竜を操縦し、大地に着陸させた。

用が済めば、すぐにグレゴリーによって意識を刈り取られる。

それを見届けたマデリーンは安全ベルトを外し、立ち上がった。少しふらつくものの、しっかりと立って小さな歩幅でグレゴリーに近づく。

「グレゴリー様！」

「マデリーン殿……！」

グレゴリーが両手を広げたので、彼女は遠慮なくその胸に飛び込んだ。

「マデリーン殿、無事で良かった……」

「グレゴリー様……」

震える声に、彼がどれほど心配してくれたのかを知る。

存在を確かめるかの如《ごと》くしっかりと抱きしめられ、マデリーンはうっとりとその腕の中に身を預けたのだった。

第八章

グレゴリーは腕の中の少女のぬくもりに、心の底から安堵《あんど》の溜息《ためいき》をついた。

腕の中の少女は、つい最近己《おのれ》の婚約者となった公爵家の令嬢だ。

妹、アレッタの婚約が駄目になり、中央貴族との繋がりを切らないための政略結婚が新たに必要だとは聞いていたが、その役目を自分が負《お》うことになるとは夢にも思っていなかった。

そもそも、彼は四男であり、典型的な気が利かない無骨な武人である。

そうした人間に淑女の相手など満足にできるはずがない。だから、まさか自分が選ばれるなど考えられなかった。

最初に候補に挙がっていた三男のディランは、グレゴリーからしてみればパーフェクトな男である。頭が良く、気の利いた言葉をさらりと言ってのける色男だ。高位貴族の令嬢の夫の座も、彼であればそつなくこなすだろう。

それなのに、選ばれたのはグレゴリーだった。彼は正直に自分には無理だと言ったのだ。自分には荷が重い、と。

しかし、母がそれを許さなかった。マデリーン・アルベロッソ公爵令嬢の相手はグレゴリーが最適である、と譲らない。

結局、恋人も好いた女もいないグレゴリーは、マデリーンの婚約者の座に納まった。

彼女との結婚は彼女が新しく領地を持たない子爵家を興し、グレゴリーはそこへ婿入《むこい》りするにもかかわらず、二人はベルクハイツ領へ住み、ベルクハイツ家へ仕《つか》えるという。これはベルクハイツ家に配慮したものだ。

中央貴族と王家が最大限気を使った結果であり、アルベロッソ家からベルクハイツ家へのアピールでもあるのだろう。この婚約により、国の最大武力保持者であるベルクハイツ家と、中央で一、二を争う権力を持つアルベロッソ家には、太く強い絆《きずな》ができる。

王家が無視できぬ大家との婚姻は、下手を打った王家への牽制《けんせい》でもあるのだとオリアナは嗤《わら》った。

子爵位であるベルクハイツ家に同じ子爵位を持つマデリーンを迎えても良いのかと聞けば、高い地位にある者のほうが他家からのちょっかいの盾になってくれてちょうど良いと返される。

それは大丈夫なのか、そもそもこの婚姻でアルベロッソ家になんの得があるのか。グレゴリーはさらに驚き質問を重ねた。

すると、オリアナはにんまりと笑う。

曰《いわ》く、アルベロッソ家の保有するサファイア鉱山を始め、幾《いく》つかの宝石や鉱石を産出する鉱山は遠くない未来に底がつく。彼らは代わりになる魔物の素材が欲しいらしい。

鉱山からの収入がなくなるのも痛手だが、装飾の見事さを誇る職人の町を持つアルベロッソは、職人を腐らせ失うことを恐れた。アルベロッソ領は、職人達が鎬《しのぎ》を削る職人の聖地でなくてはならないのだ。

元々は、アルベロッソ家はマデリーンの元婚約者であるシルヴァン・サニエリクの実家、サニエリク侯爵家の宝石鉱山をあてにしていた。ところがシルヴァンが盛大にこけそうなので、ベルクハイツ領に目を向けたのである。

それが、今回の政略結婚の裏事情であった。

事情は分かったが、はい、そうですか、と行かないのが結婚の当事者であるグレゴリーである。もっとも、幾《いく》らごねたところでベルクハイツ領の内政を仕切っている母の命令を断れるはずもなく、この婚約は決まった。

乗り気ではなくとも、自分の伴侶となる女性と不仲になりたいわけがない。ましてや彼女に恥をかかせたくもないので、グレゴリーはマナーの見直しや、エスコートの仕方を必死になって学んだ。お陰で周囲には生暖《なまあたた》かい目で見られたが……

そうして迎えたマデリーンとの初めての対面は、グレゴリーの失態により最悪のものとなった。魔物の返り血にまみれた彼を見て、彼女は気を失ってしまったのである。

グレゴリーは心から申し訳なく思うと同時に、彼女が気を失う前に放った一言に心臓を鷲掴《わしづか》みにされた。要は、心を奪われたのである。

淑女の前で血まみれという凄惨《せいさん》な有様《ありさま》の自分に対し、マデリーンは真っ青になりながらもグレゴリーに怪我がないか心配してくれたのである。

高位貴族の令嬢に尻込みしていた彼にとって、その言葉は衝撃的なものだった。

貴族の令嬢という存在は弱々しく、己《おのれ》を見ただけで怯《おび》える小動物。そう思っていた彼は、マデリーンのように正面から目を合わせ、それだけではなく己《おのれ》の体の心配をしてくれる女性など初めてだったのだ。

そこからは坂を転げ落ちるかの如《ごと》く、彼女の魅力的な面が目につき惚《ほ》れ込《こ》んでいく。

マデリーンの容姿は文句のつけどころがないほど美しく、性格は社交的、気の使い方が上手かった。しかも、一部では悪魔と名高い母が気に入るくらい強《したた》かな面も持っているようだ。とても頼もしく、何より時折垣間《かいま》見える矜持《きょうじ》の高さが好ましい。

グレゴリーは、好いた女性には好かれたいと素直に考え、行動に出た。恋の駆け引きなど気の利いたことはできないが故《ゆえ》に、まっすぐ好意をぶつけ始めたのである。

それはマデリーンに対して効果的だった。マデリーンもまたグレゴリーに好意を持ち始めてくれたのだ。

そうして、会って数日であるにもかかわらず、二人の関係は良好なものとなる。近しい者に揶揄《からか》われるほど距離が縮まったのだ。

そんなグレゴリーの大切な彼女が、目の前で攫《さら》われた。これは、心底応《こた》えた。ある種のトラウマになりそうである。

そのマデリーンが今、ちゃんと自分の腕の中にいる。

グレゴリーはマデリーンのぬくもりをしっかり確かめてから腕の力を緩めて、身を離した。改めて見れば、彼女は少し口を尖らせて、不満そうな顔をしている。普段、内面を外に出すのを良しとしない彼女にしては珍しい表情だ。

後から思えばこの時のマデリーンは誘拐された直後で、感情の制御が上手くできなかったのかもしれない。

興奮状態であったせいか、マデリーンは大変素直に、正直に、思ったことを口にした。

マデリーンはグレゴリーの着る鎧《よろい》の胸元を撫《な》で、言ったのだ。

「鎧《よろい》が邪魔ですわ」

——グレゴリーは首まで真っ赤にして、天を仰《あお》いだ。

エピローグ

マデリーン達が乗っている飛竜が無事に地に下りたことを確認し、高速飛竜も側に降りてきた。

未だに頬に赤味が残るグレゴリーにエスコートされて、マデリーンは飛竜から降りる。

今回の誘拐事件の始めから終わりまで気絶していたメアリーは、高速飛竜に乗って来たマデリーンの護衛騎士に起こされ目を白黒させているものの、怪我はなく、精神的にも元気だ。

ちなみに、腹を刺された護衛騎士だが、すぐに回復魔法で応急手当がなされ、一命は取り留めた、とのことだった。

それは良かったと安堵《あんど》したものの、その騎士も他の護衛騎士達も、マデリーンを誘拐されたせいで、王都へ帰れば処罰が待っている。少なくとも、鬼のような顔の上官に鍛《きた》え直《なお》されるだろう。

兵が気を失った盗賊達を捕らえ縛り上げるのを横目で見ながら、マデリーンはグレゴリーを盗み見た。

彼はマデリーンの隣に立ち、時々兵達に指示を出している。その様子を見つつ、マデリーンは気まずいというか、恥ずかしく思っていた。

先ほど無意識に、鎧《よろい》が邪魔だなどと言ってしまったのだ。

言い換えれば、それは鎧《よろい》に阻《はば》まれることなくグレゴリーに触れたい、ということである。

なかなかセクシャルな台詞《せりふ》だ。

しかし、既《すで》にこぼれ落ちたそれを取り消すことはできない。

彼女はいっそ開き直ることにする。

「グレゴリー様……」

小さくグレゴリーに声を掛け、その腕に自分の腕を絡めた。

彼がギシリ、と身を固くする。そろそろと視線をマデリーンに移し、見た。マデリーンが、いつもの淑女の仮面を脱ぎ捨てほんのりと頬を染めて上目遣いで彼をうかがっているのを。

「マ、マデリーン殿!?」

動揺するグレゴリーに、マデリーンは拗《す》ねて口を尖らせる。

「あら、敬称なんてつけなくて良いんですのよ？　さっきは呼び捨てにしてくださったのに……」

「いや、あの時は緊急時だったので……」

マデリーンに目を瞑《つむ》れと指示した際のことを言えば、グレゴリーはそろりと視線を外す。

しかし、マデリーンは逃げるのは許さないとばかりに半ば抱き着き、強くグレゴリーの腕に密着する。彼はカチン、と石像の如《ごと》くさらに固まった。

マデリーンは精一杯背伸びして、その耳元で囁《ささや》く。

「次は、鎧《よろい》なしでの抱擁をお願いいたしますわね」

グレゴリーは再び顔を真っ赤に染め上げた。顔を片手で隠し、とうとう座り込んでしまう。

そうして、赤い顔のまま眉を八の字に下げ、情けない表情で告げた。

「もう少し、手加減をお願いします、マデリーン殿……」

グレゴリーの思わぬ表情に、マデリーンは目を瞬《またた》かせ、自分もじわじわと頬を赤くする。さらに口元を軽く押さえて視線を逸《そ》らした。

いくら開き直ったといっても、まさか今すぐ鎧《よろい》を脱げとは流石《さすが》に言えなかったのだ。

――そんな初々《ういうい》しい二人が巻き起こし、巻き込まれる騒動付きの恋物語は、始まったばかりである。

この作品に対する皆様のご意見・ご感想をお待ちしております。

おハガキ・お手紙は以下の宛先にお送りください。

【宛先】

〒150-6008 東京都渋谷区恵比寿4-20-3 恵比寿ｶﾞｰﾃﾞﾝﾌﾟﾚｲｽﾀﾜｰ８F
（株）アルファポリス　書籍感想係

メールフォームでのご意見・ご感想は右のＱＲコードから、
あるいは以下のワードで検索をかけてください。

アルファポリス　書籍の感想　検索

ご感想はこちらから

本書は、「アルファポリス」（https://www.alphapolis.co.jp/）に掲載されていたものを、
改稿、加筆のうえ、書籍化したものです。

乙女《おとめ》ゲームは終了《しゅうりょう》しました

悠十（ゆうと）

2020年 9月 5日初版発行

編集－黒倉あゆ子
編集長－太田鉄平
発行者－梶本雄介
発行所－株式会社アルファポリス
〒150-6008 東京都渋谷区恵比寿4-20-3 恵比寿ｶﾞｰﾃﾞﾝﾌﾟﾚｲｽﾀﾜｰ8F
TEL 03-6277-1601（営業） 03-6277-1602（編集）
URL https://www.alphapolis.co.jp/
発売元－株式会社星雲社（共同出版社・流通責任出版社）
〒112-0005 東京都文京区水道1-3-30
TEL 03-3868-3275
装丁・本文イラスト－縞
装丁デザイン－AFTERGLOW
（レーベルフォーマットデザイン—ansyyqdesign）
印刷－図書印刷株式会社

価格はカバーに表示されてあります。

落丁乱丁の場合はアルファポリスまでご連絡ください。

送料は小社負担でお取り替えします。


ISBN978-4-434-27460-2 C0093